長編小説

蜜情の宿
ふしだら若女将
〈新装版〉

葉月奏太

竹書房文庫

目次

第一章　さびしい若女将

1

今夜も眠れそうになかった。

夫婦のためのダブルベッドは、ひとりで寝るには広すぎる。そっと隣に手を伸ばしてみても、そこにあるはずの温《ぬく》もりはなかった。

「ううん……」

藤島紗和《ふじしまさわ》は何度目かの寝返りを打つと、無理やり閉じていた瞼《まぶた》をそっと開いた。

スタンドライトの明かりが、室内をぼんやりと照らしている。夫婦の寝室はどこかがらんとしており、冷たい空気が漂っているだけだった。

紗和は憂《うれ》いを帯びた瞳をサイドテーブルに向けた。

フォトスタンドのなかで、幸せそうな二人が微笑《ほほえ》んでいる。純白のウェディングドレス姿の紗和と、タキシードで決めた夫が肩を寄せ合っているのだ。

(孝志《たかし》さん……)

心のなかで声をかける。だが、夫は照れ臭そうな笑みを浮かべるだけで、なにも答えてはくれなかった。

式を挙げたのは十年前。紗和と孝志は永遠の愛を誓い合った。それなのに、夫に会えなくなってから二年近くが経過していた。

紗和は横になったまま、サイドテーブルに置いてある封筒の束を手に取った。一番下の封筒から手紙を抜きだしてひろげる。飾り気のない白い便箋《びんせん》には、少し右あがりの懐かしい文字が並んでいた。

『心配かけてごめん。必ず帰るので待っていてほしい』

たった一行、そう書かれている。実直な孝志らしい手紙だった。ただ一番伝えたい言葉だけを綴《つづ》ったのだろう。

眠れない夜、こうして夫の手紙を読み返すのが習慣になっていた。だが、すぐに淋しさがこみあげて涙腺が緩んでしまう。

(早く帰ってきて……)

紗和は布団のなかで、寝間着に包まれた自分の身体をそっと抱いた。

淋しいのは心だけではない。長い枯渇《こかつ》生活が肉体にも影響を及ぼしている。夫のことを思うだけで、下腹部の奥に重苦しい疼《うず》きがひろがった。

「はぁ……」

唇から切なげな吐息が溢れだす。

愛する夫の体温を感じたい。耳もとで名前を呼んでほしい。壊れるくらい強く抱き締めてほしい。そう思うのは妻として、女として当然のことだった。

夫とは毎晩身体を重ねていたわけではないが、それでも離ればなれになって二年が経ち、紗和は三十二歳の熟れた肉体を持て余していた。

(孝志さんに会いたい……)

気分の高揚とともに体温も上昇する。布団を剝《は》ぐと冷たい空気が体温をさげるが、それも一瞬だけで肉体の疼きを鎮《しず》めるほどの効果はなかった。

スタンドライトの淡い光が、ピンク色の寝間着を照らしだしていた。

布地を押しあげている乳房に手のひらを重ねていく。そして、夫の手つきを再現するように、やさしく揉みあげた。

「ン……」

たったそれだけで痺れるような刺激がひろがった。寝るときはブラジャーを着けていない。それでも寝間着越しの愛撫は、もどかしい刺激にしかならなかった。だが、それがなおさら興奮を呼び、手の動きを大胆にしてしまう。

（こんなこと、したくないのに……）

夫がいなくなり、淋しさを誤魔化すために自分を慰《なぐさ》めるようになった。わびしさが募るばかりだが、どうしてもやめられない。寝間着の上から双乳に十本の指を食いこませて、熱い吐息を漏《も》らしながら身体をくねらせる。頭に思い浮かべるのは、もちろん愛《いと》しい夫の顔だった。

（わたしを残して、どこに行ってしまったの？）

サイドテーブルの写真をもう一度見やると、目尻からぽろりと涙が溢れだした。

夫との出会いは大学時代までさかのぼる。

孝志はひとつ上のサークルの先輩で、真面目で少しシャイなところに惹《ひ》きつけられた。告白されたときは、天にも昇るような気持ちだったのを覚えている。奥手《おくて》だった紗和の、人生初の彼氏だった。それから二人はずっと交際をつづけた。

孝志は信州《しんしゅう》の老舗《しにせ》温泉旅館〝藤島屋《ふじしまや》〟の跡取り息子で、副社長に就任したのを機にプロポーズされた。紗和が大学を卒業する年のことだった。

孝志と結婚すれば若女将《わかおかみ》となり、将来的には女将の重責を担うことになる。紗和は散々悩んだ末に、愛する人と人生を歩むことを決意した。そして、大学を卒業すると同時に、下積みがないまま若女将になったのだ。

着物の着付けだけでも大変で、戸惑いと失敗の連続だった。妻として家事もおろそかにできない。旅館の裏手にある一軒家で、夫の両親や弟と同居というのも気を遣《つか》った。それでも日々を懸命に過ごし、三十近くになって、ようやく若女将が板についてきた。

そんなある日、夫が突然失踪した。

孝志が新たに契約した旅行代理店が悪徳業者で、旅館の繁忙期の売りあげを丸々持ち逃げされたのだ。真面目な性格ゆえに孝志は深く責任を感じていた。なんとか赤字を取り戻そうと慣れない投資に走り、却《かえ》って負債を膨《ふく》らませてしまった。そして、それを気に病んで失踪してしまった。

（孝志さんの気持ちはわかっています……だから……）

ただ帰ってきてほしい。願いはそれだけだった。

あえて警察には届けていない。事件性がなければ捜索してもらえないのだ。それなら大事にしたくなかった。孝志はもともと繊細なところがあるので、騒ぎたてると却って帰りづらくなるだろう。信じて待つのが妻の役目だと思った。

失踪からもうすぐ二年が経つ。若女将という立場上、周囲を不安にさせないよう気丈に振る舞ってきたが、紗和の顔には心労が滲んでいた。

肌は透きとおるように白く、鼻梁がすっとしている。穏やかな性格を表すように、目尻はやや下がり気味だ。その目もとにわずかな隈《くま》ができていた。

昼間は結いあげている黒髪が、今は枕の上にひろがっている。夫は髪をおろしている姿が好きだった。毎晩ベッドに入るとやさしく撫でてくれたことを思いだし、ますます淋しい気持ちになってしまう。

三、四ヵ月に一度は夫から無事を知らせる短い便りが届いている。そのたびに、もう少しだけ待ってみようと望みを繋《つな》いできた。だが、胸にぽっかり穴が空いたような寂寥感《せきりよう》を埋める手段は見つからなかった。

「ンン……」

布地越しに胸を揉む感触だけでは物足りない。この淋しさを癒《い》やすためには、もっと強い刺激が必要だった。

寝間着のボタンを外して、大きな乳房を剝《む》きだしにする。柔らかい丘陵の頂点では、鮮やかなピンク色の乳首が揺れていた。火照《ほて》った肌を冷たい空気が撫でると、くびれた腰にブルッと震えが走った。

乳房の下側に両手を添えて、ねっとりと揉みあげてみる。柔肉をこねると体温がさらにあがり、餅肌《もちはだ》がしっとりと汗ばんだ。

「あ……ン……」

指先を胸の表面に這《は》わせて、くすぐるように蠢《うごめ》かせる。さわさわと掃きながら、時間をかけて乳首へと近づけていく。それだけで期待感が高まり、乳房の先端に血液が流れこむのがわかった。

乳輪の周囲を指先でなぞり、焦《じ》れるような感覚に腰をもじつかせる。そして、ついに指先で乳首をキュウッと摘《つま》みあげた。

「あぅっ……」

途端に快感が波紋のようにひろがり、乳房全体を包みこむ。思わず顎が跳ねあがった。唇が半開きになり、呻《うめ》きとも喘ぎともつかない声が溢れだした。

「ンっ……ンぅっ……」

乳首がぷっくりと膨らみ、指先で転がすたびに愉悦《ゆえつ》が突き抜けていく。いじるほどに感度が高まり、下腹部の疼きも顕著になる。寝間着の内腿《うちもも》を擦り合わせて、下肢を悶えさせずにはいられなかった。

紗和は左手で乳房を揉みしだきながら、右手を下半身へと滑らせていく。平らな腹部を撫でて、寝間着のズボンに指先が到達した。

(こんなこと……でも、淋しくて……)

若干躊躇《ちゆうちよ》するが、膨れあがる肉欲には抗《あらが》えない。腰をくねらせてズボンをおろし、つま先から交互に抜き取った。

「ああ……」

肉づきのいい下肢が露わになり、紗和はひとりで頬を染めあげた。純白レースのパンティが張りついた恥丘が、艶《なま》めかしく盛りあがっている。ヒップから太腿にかけては、脂《あぶら》が乗ってむちむちに張りつめていた。

内腿をぴっちり閉じたまま、右手の中指をパンティの恥丘に這わせていく。縦溝を探り当てると、ゆっくり上下になぞってみる。すると、ぽってりした唇から溜め息が漏れて、股間の奥がじんわりと熱くなった。

そうしている間も左手では乳房を揉んでいる。尖《とが》り勃《た》った乳首を指の間に挟みこんで、欲望を溜めこんだ柔肉をこねまわした。

「ンンっ……孝志さん」

夫の名を呼ぶと、なおのこと淋しさが募った。

脚をくの字に曲げてパンティをおろし、恥丘にそよぐ陰毛を剝きだしにする。色白の肌と濃く茂った陰毛のコントラストが卑猥《ひわい》だった。

恥丘に右の手のひらを乗せて、ゆっくりと撫でまわす。陰毛のシャリシャリという感触が淫らな気分を掻《か》きたてる。紗和は呼吸が荒くなっていくのを自覚しながら、指先を曲げて内腿の間に潜りこませた。

「あンン……」

指先がクリトリスに触れて、裸体に小さな震えが走った。

敏感な肉の突起は、軽い接触だけで鮮烈な快感を生みだしていた。内腿を閉じたまま指を上下に動かすと、四肢の先まで刺激が突き抜ける。痺れるような快感電流がひろがり、自然と指の動きが速くなった。

「あ……ン……」

控えめな声を漏らしながらオナニーに没頭していく。恥ずかしいことをしている自覚はあるが、もうとめることはできない。夫のいない淋しさと不安が、紗和を虚しい自慰行為に駆りたてていた。

(身体が熱いわ……ああ、孝志さん)

写真の夫に見られているような気持ちになり、耳まで真っ赤に染めあげる。それでも指の動きはとまらず、クリトリスをねちねちと転がしていた。

柔らかかった肉芽が少しずつ硬くなり、指の腹を押し返してくる。コリッとした感触がいやらしくて、感度がさらにアップしていく。夢中になって指を動かすと、クチュッニチュッという湿った音が響きはじめた。

オナニーで濡らしている事実がさらなる興奮を煽《あお》りたてる。スタンドライトの薄明かりのなか、左手で乳房を揉みしだき、まるで白蛇がうねるように汗ばんだ白い裸体を悶えさせた。

(わたし、すごくいやらしいことしてる)

内腿を強く閉じて、右手の中指を挟みこむ。オナニーにのめり込むことで、一時的に淋しさが薄れはじめる。疲弊した神経を快感で麻痺させて、かりそめの安堵《あんど》を得られればそれでよかった。

「ああンっ……」

膣口から溢れる華蜜を指先で掬《すく》い、硬くなったクリトリスに塗りつける。それを何度も繰り返しているうちに、思考が蕩《とろ》けて頭が真っ白になった。

もう少しで快楽の頂点に昇り詰めることができる。その後は疲労感にまかせて目を閉じればいい。睡魔に呑みこまれて、朝まではなにも考えずに済むはずだ。

「あっ……あっ……も、もう……」

絶頂の波が近づいてきた。そのとき突然、携帯電話の着信音が響き渡った。

瞬間的に意識が現実に引き戻される。慌てて液晶画面に表示された名前を確認すると、気持ちを落ち着けるために小さく息を吐きだした。

「はい、紗和です……なにかありましたか？」

オナニー中だったことなど相手にわかるはずがない。それでも、後ろめたさから若干声が上擦ってしまった。

『お休み中のところ申し訳ございません――』

電話をかけてきたのは藤島屋の仲居《なかい》だった。

明日宿泊予定になっている団体客の確認をしたかったらしい。若女将である紗和の頭のなかでは、翌日の仕事の段取りがすべて整っている。簡単な確認事項を交わしただけで通話を切った。

オナニーは中途半端だったが、興を削《そ》がれて再開する気はなくなっていた。

明日は忙しくなりそうだ。仕事のことを考えると気持ちが引き締まる。夫が帰ってくる日まで、なんとしても藤島屋を守っていかなければならない。それが老舗温泉旅館に嫁《とつ》いだ紗和の、若女将としての使命だった。

2

三月も終わりに近づき日に日に暖かくなっている。

朝靄《あさもや》にけぶる木々の間から、小鳥のさえずりが聞こえていた。眩《まばゆ》い日射しが降り注ぎ、空気がきらきらと輝いているようだった。

藤島屋は信州の山間部にある落ち着いた雰囲気の温泉宿だ。

周囲に建物は見当たらず、緑が芽吹きだした木々に囲まれている。なかでも杏《あんず》の木が多く自生しており、春になると見事な白い花を楽しむことができるのだ。都会の喧騒を離れ、自然を満喫できる宿として知られていた。

そんな森閑《しんかん》としたたたずまいとは対照的に、館内では団体客を迎える準備が慌ただしく進められている。とはいっても、他の宿泊客もいるので、作業はあくまでも静かに粛々《しゆくしゆく》と行われていた。

紗和はいつものように日の出前から働いている。仲居たちよりも早く旅館に来て、朝一で玄関前の掃き掃除をするのが習慣になっていた。

漆黒の髪を結いあげて、落ち着いた鶯《うぐいす》色の着物をきっちり着付けている。目の下の隈は化粧で隠すことができた。多少睡眠不足だが、若女将の正装ともいえる和服姿になると、自然と気持ちが引き締まるから不思議なものだ。

嫁いできた十年前は右も左もわからず、着物もひとりで着付けることができなかった。それが今ではひとりで、六、七分もあれば支度を整えることができる。若女将としての生活が、完全に身体に馴染んでいた。

団体客は昼前に到着予定で、すぐに昼食を摂《と》ることになっている。普段は昼食を提供していないが、お客様の要望にできる限り応えるのが藤島屋の伝統だ。数日前、板《いた》長《ちょう》に無理を言って了解を得ていた。

紗和は準備の状況を確認するため、厨房《ちゆうぼう》へと足を運んだ。

予想していたとおり、厨房は戦場のような忙しさで殺気立った雰囲気が充満している。白衣姿の料理人たちが、それぞれ自分たちの作業に没頭していた。

「おう、若女将か。引き受けたからには、きっちりやらしてもらいまっせ」

　年配の板長が声をかけてくる。頑固者で口は悪いが料理の腕前は一流だ。怒ったように言いながらも、どこか得意げに魚をおろしていた。

　若女将になったばかりの頃は、目も合わせてもらえなかった。おまえには務まらないと言われているようで、悔しいやら悲しいやらで涙を流したこともある。それを思うと、多少なりとも認めてもらえたのかもしれない。

「それでは、よろしくお願いします」

「あいよ。まかしときな」

　板長の気っ風のいい返事を聞いて安心すると、紗和は厨房を後にした。

　館内を歩いて清掃状況をチェックしてまわる。玄関やロビー、廊下はもちろん、客室もひとつひとつ必ず自分の目で確認することにしていた。仲居たちを信用していないわけではない。すべてを把握しておくのも若女将の仕事なのだ。

　とにかく、朝から晩まで気が抜けない。団体客がある日は、食事を摂る時間もないほどだ。しかも、旅館は年中無休なので休暇はとれない。女将は「たまには休みなさい」と言ってくれるが、責任ある立場なので休む気にはなれなかった。

（もっとがんばって、藤島屋を盛りあげないと……）

　夫が作った借金に責任を感じている。誰も紗和のことを責めなかったが、妻として見過ごすわけにはいかなかった。

臙脂《えんじ》色の和服に身を包んだ仲居たちに細かい指示を与えると、紗和はフロントの奥にある事務所に向かった。本日の宿泊予定は団体客の他にも数組ある。手違いがないように、もう一度予定表を確認するつもりだった。

事務所では義母の志保《しほ》が宿泊客予定表に目を通していた。

志保は四十数年前に藤島家に嫁ぎ、現在は女将となっている。だから若女将の苦労が誰よりもわかるのだろう。紗和を実の娘のように可愛がってくれる。義母の助けがあったからこそ、紗和は若女将としてがんばることができるのだ。

「あら、紗和さん、ご苦労さま。少し休みなさいな」

義母がおっとりした調子で声をかけてくる。ふくよかな身体を包んでいるのは藍《あい》色の着物だ。人を癒やすような表情は、若い頃の苦労があればこそだろう。

「お義母《かあ》さまこそ休憩《きゅうけい》なさってください。あとはわたしがやりますから」

紗和もにっこりと微笑んだ。

若女将の修業がつらくてトイレで泣いていたとき、女将と鉢合わせになってしまったことがあった。義母は叱ることなく紗和を事務所に連れていくと、熱いお茶を淹《い》れてくれた。そして、やさしく諭《さと》すように言葉をかけてくれたのだ。

——あなたなら立派な若女将になれます。だからどんなに忙しくても、おもてなしの心と笑顔を忘れてはいけませんよ。

あのときの言葉は、今でも紗和の胸に深く刻まれている。若女将として、なにより
も一番大切にしていることだった。
「紗和さん、がんばりすぎよ。疲れた顔してるわ」
義母の顔から珍しく笑みが消えた。そして、心配そうに紗和の顔をじっと見つめて
くるのだ。
「え……そうですか？」
紗和は慌てて自分の頬に手のひらを当てた。確かに夫が失踪してからは、その穴を
埋めようと必死だった。だが、お客様に疲れた顔を見せるわけにはいかない。せっか
くの行楽気分に水を差すことになってしまう。
「大丈夫、お客様には美人に見えてるわ。でも、眠れてないいんじゃない？」
やはり女将の目は誤魔化せない。睡眠不足なのを見抜かれていたようだ。
「すみません……少し夜更《よふ》かししてしまって」
「ううん、謝らないといけないのは、わたしのほうだわ」
あらたまった様子で言われて、紗和は戸惑ってしまう。返答に窮《きゅう》していると、そっ
と手を握られた。
「うちの息子がだらしなくてごめんなさい。孝志のせいで眠れないのよね。わかって
るわ。謝ってすむことではないけれど、本当にごめんなさい」

義母の瞳には涙が滲んでいる。真剣な気持ちが伝わってくるからこそ、紗和は申し訳ない気持ちになってしまう。

「わたしにも責任があるんです。孝志さんの苦しみに気づいてあげていれば……」

思わず声が掠《かす》れて黙りこむ。夫のことになると感情が昂《たか》ぶって抑えられなくなる。これ以上しゃべると、涙が溢れてしまいそうだった。

「こんなにできたお嫁さんを残して家出するなんて……」

義母の声も震えていた。紗和の手を両手で握ったまま、下唇を噛んで何度も頭をさげてくる。そのとき、黙ってスチール机に向かっていた義父の義孝《よしたか》が、突然立ちあがって腰を折った。

「紗和さん、本当に申し訳ない」

グレーのスーツが似合う白髪の紳士だ。そろそろ隠居する予定だったが、二年前に孝志が失踪したことで現在も社長業を継続している。そして、本来なら孝志がやるべき経理の仕事を担当しているのだ。

「悪いのは紗和さんじゃない。孝志と、孝志を育てたわたしたちだ」

そこまで言われて、紗和のほうが恐縮してしまう。なにを言えばいいのかわからなかった。

「孝志は気はやさしいが、軟弱なところがある。どうやら甘やかして育ててしまったらしい。旅館の経営を任されたのが負担だったんだろう」

いつもの穏やかな語り口だが、ときおりつらそうに顔をしかめている。やはり義父にとっても、心の傷になっているのかもしれない。

「昨夜も妻と話してたんだよ。紗和さんが愛想を尽かしてここを出ていっても、仕方ないと思ってる。どうか、そのときは遠慮なく言ってほしい」

その気遣いが嬉しかった。

義父母のためにもがんばりたいと思う。藤島屋はかつてない苦境に立っている。夫が作った借金を返済するには、紗和が身を粉にして働くしかなかった。

「孝志さんが戻るまで、藤島屋はわたしが責任を持って守ります」

紗和は涙ぐみながらも、若女将らしく満面の笑みを湛《たた》えて宣言した。

「ありがとうね、紗和さん……」

義母の瞳からついに大粒の涙が溢れだす。義父も涙をこらえるように口を真一文字に結び、何度もうんうんと頷いた。

（まだがんばれる。だって、わたしは由緒ある藤島屋の若女将だもの）

こんなにも義父母が見守ってくれるなら、夫のいない淋しさに耐えられるような気がする。紗和の瞳にも、きらりと光るものがあった。

「お義父《とう》さま、お義母さま。今日は忙しくなりますよ」

紗和は涙を吹き飛ばすように、意識的に明るい声で気合いを入れた。

昼食時が無事過ぎて、とりあえず忙しさのピークをひとつ乗り越えた。

次は夕飯時が慌ただしくなるが、それまでは多少落ち着いた時間になるはずだ。この間に仲居たちを順番に休憩させて、義父母にも休んでもらった。紗和も軽い昼食を摂ることができた。

短い休憩を終えると、館内を歩きながらさりげなくチェックを入れる。汚れている箇所があれば、すぐに清掃の指示を仲居に出した。安らぎを求めているお客様が心地よく過ごせるよう、最大限の努力を払うのが若女将の務めだった。

ひとまわりしてロビーに戻ると、ちょうど常連客である倉澤敦夫《くらさわあつお》がやってきた。

「倉澤さま。ようこそ、いらっしゃいませ」

紗和は柔らかい笑みを浮かべて丁重に腰を折った。

挨拶は接客業の基本中の基本だ。この一瞬で旅館の印象が決まってしまうこともある。馴染み客であろうと気を抜くことはできなかった。

「こちらこそお世話になります」

倉澤は静かに告げると、やさしげな眼差《まなざ》しを向けてきた。

一見スマートながらがっしりとして肩幅があるので、茶系のスーツがよく似合っている。穏やかな雰囲気のなかにも精悍《せいかん》さを感じさせる顔立ちは、いかにも働き盛りの男といった感じだ。

倉澤敦夫は地元の信州そばのチェーン店〝信州そば　倉澤庵《くらさわあん》〟の社長を務めている。手頃な値段で本格的なそばが味わえる人気店だ。

倉澤は大学卒業後に修業を積み、そば打ち職人になった。そして、父親が経営していた倉澤庵を受け継ぎ、わずか数年で一大チェーンへと成長させたのだ。

今年で四十歳になり、ますます脂が乗っている。若手社長の手腕は本物で、外食産業の寵児《ちょうじ》として注目されていた。講演などの依頼も殺到しており、近い将来に東京進出も狙っているという。

倉澤は忙しい合間を縫って、月に一、二回ほど、必ずひとりで藤島屋を訪れる。ときには静かな場所で考えごとをしたいのかもしれない。〝離れの和室〟でゆっくりと一泊していくのが恒例となっていた。

バツイチらしいと噂されているが、本当のところはわからない。常に紳士的な態度なので、女性の扱いには慣れていそうだった。

倉澤が宿帳への記入を終えると、紗和は待機していた仲居に目で合図した。

「ご案内いたします」

倉澤からブリーフケースを受け取った仲居が歩きはじめる。倉澤も慣れた様子で廊下を進んでいった。

しばらくして仲居が戻ってくると、紗和は頃合いを見計らって離れに向かう。お得意様が宿泊すれば、若女将として必ず挨拶に伺っていた。

日本庭園に通じる扉を開けると、玉砂利《たまじゃり》が敷きつめられたなかに飛び石がつづいている。離れの和室はプライベートを重視するお客様のためにあり、日本庭園のなかに五部屋が点在していた。

それぞれの離れには十畳の和室が二間あり、専用露天風呂が用意されている。老舗旅館として定評のある藤島屋のなかでも、最上級の部屋だった。

倉澤の宿泊している離れに着くと、紗和は和服の衿《えり》を正して引き戸を開ける。そして襖《ふすま》の前で正座をして、室内に向かって声をかけた。

「若女将の藤島紗和でございます」

「どうぞ」

すぐに声が返ってくる。紗和は襖をすっと開いて丁寧に頭をさげた。

倉澤は座椅子に座ってくつろいでいる様子だ。ネクタイは締めているが、スーツの上着は壁に吊ってあるハンガーに掛けられていた。

「失礼いたします」

紗和は女将から教わったとおり、膝を畳から離さずに座卓までにじり寄った。

「いつもご贔屓《ひいき》にしていただき、ありがとうございます」

あらたまって正座をすると、深々と頭をさげて挨拶する。すると倉澤はいつものように、気さくな感じで話しかけてきた。

「相変わらず真面目だね。でも、もう少し打ち解けてくれたほうが、僕としては嬉しいかな」

二人きりになると、倉澤の口調は砕けたものになる。本心はわからないが、若女将としての接し方が気に入ってもらえたのかもしれない。だが、仲居たちの前では無口らしいので、案外気難しいところもあるのだろう。

倉澤が頻繁《ひんぱん》に宿泊するようになったのは五年ほど前からだ。思えば最初から、紗和と話すときは打ち解けた感じだった。

「紗和さん、たまにはお茶でも飲んでいきませんか」

「あ、これは失礼いたしました」

紗和は茶を淹れようと、座卓の上に置かれている急須《きゅうす》にさっと手を差し出した。

「いや、そんなつもりで言ったんじゃないよ」

そのとき、倉澤が慌てた様子で紗和の手を軽く掴《つか》んだ。

「あ……」

思わず小さな声を漏らしてしまったのは、久しぶりに男の人の体温を感じたからだろうか。

（こんなに熱かったかしら……男の人って……）

妙にどきりとして、紗和は咄嗟《とっさ》に言葉を紡《つむ》ぐことができなかった。

正座をしたまま固まり、頬が火照っていくのを自覚する。こんなふうに男性に手を握られるのは、夫が失踪してから初めてのことだった。

「たまには僕が淹れるよ。少し話したいこともあるし」

倉澤は微笑を浮かべて見つめてくる。いつもと同じようだが、しかし、なにかが違っているような気がした。

「あの、倉澤さま……お手を……」

握られた手を振り払うわけにもいかず、紗和はすっかり困惑してしまう。

すると倉澤がはっとしたように手を離した。いつもは冷静なのに珍しく苦笑いを浮かべていた。

「おっと、これは失礼。つい……」

ようやく解放された手は、倉澤の体温でほんのりと温かくなっている。忘れかけていた懐かしい感触が、胸の奥にひろがっていくような気がした。

「恐れ入ります……」

紗和はなんとか心を落ち着けると、あらためて急須に手を伸ばす。倉澤はなにも言わず、紗和が茶を淹れる姿を見つめていた。

「ありがとう。で、話なんだけど」

倉澤があらたまった様子で切りだし、真剣な眼差しでまっすぐ見つめてくる。紗和は気圧《けお》されそうになり、内心緊張しながらも微笑を湛えていた。

「最近はどうなのかな？　いろいろ大変だとは聞いてるけど」

藤島屋の経営状況を心配してくれているらしい。義父母や紗和が借金返済に奔走していることを知っているのだ。

副社長の孝志が失踪したことや、負債を抱えて経営が厳しいことはもちろん公《おおやけ》には伏せている。しかし、どうしても地元の有力者の耳には入ってしまう。倉澤も以前から知っており、ときおり気遣うような言葉をかけてくれていた。

「お陰さまで、こうしてつづけることができております」

紗和は笑顔がこわばらないよう意識して、当たり障《さわ》りのない返答をした。

だが、実際は厳しい状況がつづいている。折からの不況で、藤島屋に限らず温泉宿の利用客が減っているのだ。借金返済どころか、負債が増えないようにするので精いっぱいだった。

「僕も経営者の端くれだから、なんとなくわかるよ」

いつもならさらりと流す倉澤が、今日は話題を変えずに食いさがってきた。

「単刀直入に言う。ぜひ融資させてくれないか」

紗和は思わず小首をかしげてしまう。言葉の意味が瞬時に理解できなかった。

「僕が見たところ、必ず立て直せると踏んでいる。そもそも、経営に問題があって負債を抱えたわけじゃないんだ。今を乗りきればなんとかなるさ」

倉澤の声は穏やかだが、トップに立つ男の力強さが感じられた。

確かに借金さえなければ、この不況を耐え忍ぶことは充分可能だろう。だが、少しでも返済が滞《とどこお》れば、瞬《また》く間に利子が膨らんでしまう危険を孕《はら》んでいた。

(孝志さんが帰ってくるまでは、なんとか守らないと……)

いくら紗和が強く思っても、気持ちだけではどうにもならなかった。

「念のため言っておくけど、僕は藤島屋を乗っ取ろうとしているわけじゃない。そこだけは勘違いしないでほしい」

倉澤の表情と口調には誠実さが滲んでいる。理屈ではなく信用できるような気がした。

願ってもない申し出だが、お客様に融資してもらうわけにはいかない。しかし、背に腹はかえられない状況なのも事実だ。いつしか紗和は女将の教えを忘れて、お客様の前で苦渋の表情を浮かべていた。

「そうだな、じゃあ一回デートしてもらおうかな」

倉澤が少し大きめの声で爽《さわ》やかに言い放った。

なにしろ一流の経営者だ。紗和がなにを悩んでいるのか見抜いているのだろう。場の空気が重くならないように、明るい雰囲気を作ろうとしているようだった。

「デート……ですか？」

意外すぎる言葉に、紗和は戸惑いを隠せない。お客様から冗談混じりに誘われたことはあるが、倉澤の口から聞かされるのは初めてだった。

「融資を受けるにあたって、交換条件があったほうが、紗和さんも気が楽になるんじゃないかな？」

あくまでも軽い感じだが、即答できずに考えこんでしまう。デートと聞いて、夫の顔を思い浮かべずにはいられなかった。

（孝志さん……許してくれますか？）

倉澤と二人きりで食事をしている光景を想像するだけで、胸の奥に罪悪感が湧きあがる。しかし、厳密には浮気をするわけではない。倉澤とは長年の付き合いだ。まさか間違いが起こることはないだろう。

実際、融資の申し出はありがたかった。なんとしても、この苦境を乗り越えなければ、藤島屋に未来はないのだから。

「倉澤さま。よろしくお願いいたします」

しばらく逡巡したのち、紗和は緊張した面持ちで倉澤を見つめると、ことさら丁重に頭をさげた。

その堅苦しい挨拶を目《ま》の当たりにして、倉澤が驚いたように目を丸くする。そして次の瞬間には、いつものように柔らかい笑みを浮かべるのだった。

3

団体客を迎えての忙しい夕飯時も、従業員一丸となって乗り切ることができた。

義父と義母には早めに帰宅してもらい、紗和は事務所で翌日の仕事の確認に取りかかった。宿泊予定表を見て、お客様に合わせたおもてなしを考えていくのだ。

初めてのお客様には、まずは藤島屋の魅力を伝えなければならない。リピートのお客様には、藤島屋をさらに愛してもらえるように努力するのだ。

温泉が目当てなのか、周辺の山の散策がメインなのか、それとも部屋でくつろいで料理を堪能するのを楽しみにしているのか。お客様の目的に合わせた行楽プランを提案するのも若女将の仕事だった。

翌日の予定を立てると、館内を歩いて異常がないかチェックする。そして、夜勤のスタッフに引き継ぎをして、ようやく一日の業務が終了した。

藤島屋の裏手にある自宅に戻ったのは、ちょうど深夜の十二時だった。

義弟の和樹《かずき》が、リビングのソファで缶ビール片手にテレビを眺めていた。グレーのスウェットの上下というラフな格好だ。

和樹は孝志の七つ年下の弟で二十六歳。現在は地元の家電量販チェーンに勤務している。家電製品の配達と設置を担当しており、最近は競争が激しいため、夜間配達を行っていて、帰宅は夜中になることが多い。

「お帰り……」

和樹は素っ気なく声をかけてくると、紗和の和服姿をちらりと見やる。しかし、それ以上はなにも言わず、再びテレビに視線を向けた。義父母はすでに休んでいる時間だった。

「ただいま。和樹くん、早かったのね」

「ああ、まあね……」

やはり和樹の返事は極端に短い。必要最小限しか話したくないという雰囲気が、ひしひしと伝わってくる。目もとが夫に似ているので、冷たい物言いをされるのが余計に淋しかった。

孝志に初めて紹介されたときから、和樹はどことなく壁を作っていた。単純に紗和のことが気に入らなかったのかもしれない。当時和樹は十六歳だったから、以来十年間こんな調子がつづいていた。

その一方で、兄弟仲は良好だった。和樹はやさしい兄を慕っており、孝志も弟のことを可愛がっていた。

あれは和樹が大学生のとき、進路のことで揉めたことがあった。

義父母は藤島屋で働かせたがっていたのだが、和樹は強固に反対した。親に決められたレールの上を走るのは格好悪いと思っていたらしい。そのとき、助け船を出したのが孝志だった。

――和樹には好きなことをやらせてあげたいんだ。藤島屋は僕がしっかり守るよ。

弟を思いやる孝志の言葉が印象に残っている。そして、紗和はそんなやさしい夫が好きだった。結局、長男に説得される形で、義父母は和樹の一般企業への就職を許したのだ。

和樹が両親に反発しても実家を出ないのは、兄の近くにいたいからだろう。紗和はそう解釈していた。

だから、孝志の失踪は、和樹にとっても相当ショックなはずだった。

なぜ警察に捜索願を出さないのかと責められたこともある。そのとき紗和は夫の手紙を見せて、涙ながらに「孝志さんを信じたい」と訴えた。義弟がどう思ったかはわからない。だが、それ以来孝志のことをいっさい口にしなくなった。

「引っ越しシーズンだから大変でしょう」

なんとか距離を縮めようとして、さらに話しかけてみる。いつもなら引きさがっているのに、なぜか今日に限って諦めきれなかった。

おそらく、倉澤のデートの申しこみを受けたことが関係しているのだろう。夫の面影がある義弟を前にして後ろめたくなり、無意識のうちにすり寄ろうとしているのかもしれない。

「別に……もうピークは過ぎたし」

和樹は会話を打ち切るように、缶ビールをグイッと呷《あお》る。そして、訝《いぶか》しげな視線を送ってきた。

「義姉《ねえ》さん、なんかあった？」

「え、なにもないけど……どうして？」

いきなり尋ねられてドキッとしてしまう。黒髪をアップにしたうなじに、うっすらと汗が滲んでいた。

「ずいぶんしゃべるからさ。なんかヘンだなと思って」

「そ、そんなことないわ……シャワー使わせてもらうわね」

内心を見透かされているようで、平静を保てなくなってくる。紗和は逃げるようにリビングを後にした。

「ああっ……気持ちいい」

思わず小さな声が漏れていた。

着物を脱いで髪をおろし、熱いシャワーを全身に浴びる。すべてから解放されるような、この瞬間が大好きだった。

熱めの湯が胸もとで弾《はじ》ける。しっとりとした柔肌に降り注ぐシャワーが、乳房の谷間に流れ落ちていく。

釣り鐘型の丘陵は眩いほど白く、頂点に鎮座する乳首は鮮やかなピンク色だ。くびれた腰のラインが悩ましく、逆ハート型の双臀《そうでん》はむっちりと脂が乗っている。濃く茂った陰毛は濡れており、ワカメのように恥丘に張りついていた。

三十二歳の熟れた肉体からは、牡《おす》を夢中にさせるフェロモンが放出されている。しかし、紗和本人はその魅力に気づいていなかった。

(なんだか……おかしいわ)

紗和は心のなかでつぶやき、無意識のうちに溜め息をついた。

いつもなら、こうしてシャワーを浴びているうちに昼間の緊張がほぐれて、穏やかな気分になってくる。それなのに今夜は、いつまで経っても気持ちが張りつめたままだった。

「はン……」

気づくと乳首がぷっくりと膨らんでいた。

シャワーの湯が当たっただけなのに、なぜか敏感な反応を示している。身体が火照っており、感度が妙にアップしているのだ。

（やだ……どうしたのかしら？）

自分の肉体になにが起こっているのかわからない。表面だけではなく、芯から熱くなっているような気がした。

倉澤にデートの申しこみをされたせいなのか、それとも和樹に動揺を見抜かれた気がしたせいなのか。いや、もしかしたら昨夜の中途半端なオナニーが尾を引いているのかもしれない。

いずれにしても肉体が火照り、気分が高揚しているのは間違いなかった。

気持ちを落ち着かせようと、頭からシャワーを浴びてみる。しかし、下腹部に妖《あや》しい感覚が湧き起こり、無意識のうちに内腿を擦り合わせていた。

「ン……」

そのとき、ドアの曇りガラスの向こうで、なにかが動いたような気がした。

「和樹くん？」

声をかけても返事はない。胸をタオルで隠して恐るおそるドアを開けるが、脱衣所には誰の姿もなかった。

ただ、籐《とう》の脱衣籠《だついかご》に入れておいた服が若干動いているような気がした。下の方に入れておいたはずのパンティが、なぜか無造作な感じで一番上に置かれている。まるで直前まで誰かが握り締めていたように丸まっていた。

4

「寒くない？」

倉澤が颯爽《さっそう》とハンドルを操りながら尋ねてきた。

小さなそば屋を一大チェーンに育てあげた若手社長には、左ハンドルの大型セダンが似合っている。今日はグレーのスーツでビシッと決めていた。

「エアコンの温度、少しあげようか？」

「いえ……大丈夫です」

紗和はまっすぐ前を向いたまま、運転席を横目でちらりと見やった。クリーム色のシックな着物に包んだ身体は、ガチガチにこわばっていた。

一定のリズムで後方に流れていく街灯の明かりが、倉澤の横顔をオレンジ色に照らしている。バイタリティが満ち溢れているが、ときおり助手席に送ってくる視線にはやさしさが感じられた。

（孝志さん以外の男性と、二人きりなんて……）

そう思う一方で、ドライブデートくらいならという気持ちもあった。

融資の提案を受け入れた翌日、藤島屋が背負っていた負債はゼロになっていた。倉澤の行動は驚くほど早かった。

そして、数日後の今日、本当にデートすることになったのだ。

とはいっても、若女将が丸一日休暇を取るのはむずかしい。比較的宿泊客の少ない平日を選び、女将に頼んで早めにあがらせてもらった。倉澤も多忙だが、当然のようにこちらの都合に合わせてくれた。

倉澤からの融資を、義父母は心から感謝している。しかし、その条件としてデートすることは話していなかった。今夜は融資の件でもう一度詳しい説明を受けると、嘘をついていた。

良心がチクリと痛んだが、藤島屋を立て直すためには仕方のないことだった。経営が苦しいままでは、責任を感じている夫も帰りづらいだろう。すべては孝志のためにやっていることなのだ。

「いつ見ても着物がお似合いですね」

こういう言葉を嫌味なく口にできるのは、人生経験のなせる業《わざ》だろう。

「プライベートでも着物が多いんですか？」

「はい……」

仕事を離れていても、若女将であることに変わりはない。

普段から着物姿を心がけるのは、女将も実践してきたことだった。いずれは義母の跡を継ぎ、旅館の顔である女将になるのだ。どこでお客様に見られているかわからないので、外出先では一瞬たりとも気を抜けなかった。

車は夜の帳《とばり》がおりた閑静《かんせい》な住宅街を走っていた。

そして、とある豪邸の前で停車する。倉澤がリモコンを取りだして操作すると、頑丈そうな門が音もなく開いていった。

「一杯付き合ってくれるだろう」

どうやら、ここは倉澤の自宅らしい。さすがに躊躇するが、融資してもらった手前断りづらかった。

「あまり、遅くならなければ……」

「ありがとう。嬉しいよ」

紗和が遠慮がちに了承すると、倉澤は珍しく弾んだ声をあげる。その少年のような笑顔を目の当たりにして、紗和の心にはなぜか小波《さざなみ》がひろがっていた。

「お酒はいける口？　なんでもあるよ」

広々としたリビングに通されて、ソファを勧められた。

座面の広いどっしりとしたソファセットが、L字型に配置されている。かなり大型のはずだが、それすら小さく見えるほど部屋が広かった。

とにかく豪奢《ごうしゃ》なリビングに圧倒されてしまう。三十畳はあろうかという空間はもちろんのこと、調度品の数々にも目を奪われる。アンティーク調の棚には、いかにも高価そうな食器がたくさん並んでいた。

高い天井には宝石のように煌《きら》めくシャンデリアが吊ってある。眩い光が降り注いでリビングを明るく照らしていた。

「あの……お酒はそんなに強くないんです」

「じゃあ、ワインにしよう」

倉澤はスーツの上着を脱ぐと、ワイングラスと赤ワインのボトルを手に、さりげなく紗和の隣に腰掛ける。そして手慣れた様子でコルクを抜き、ガラスのテーブルに置いたふたつのグラスに注いでいった。

「藤島屋の未来に乾杯」

そんな気障《きざ》なセリフも倉澤には似合っている。紗和はワイングラスの細い脚を摘むと、そっと唇を寄せていった。

「ん……美味《おい》しい」

思わずぽつりとつぶやいた。あまりアルコールの強くない紗和でも飲みやすい、じつに口当たりのいいワインだった。

「でしょう。銘柄とかは詳しくないけど、これだけは好きなんだ」

倉澤はそう言って、人懐《ひとなつ》っこそうな笑みを浮かべた。

二人きりになることで緊張していたが、取り越し苦労だったらしい。持てはやされている若手社長とは思えない、ありのままの気さくな雰囲気になっていた。

「さあ、遠慮せずに飲んでください」

倉澤は終始ご機嫌だった。紗和もつい釣られて、勧められるままに赤ワインを飲んだ。あっという間にボトルが一本空き、倉澤が二本目を取りに立つとき、部屋の隅にあるスタンドライトを点灯させた。

シャンデリアを消すと、柔らかい飴《あめ》色の光がリビングを照らしだす。途端にムーディな雰囲気が漂いはじめた。

それでも、まったく危機感を覚えなかったのは、やはり倉澤の人柄だろう。融資してもらったこともあるが、なにより紳士的な彼のことを全面的に信頼していた。

「紗和さんとお酒が飲めるなんて、夢みたいだな」

倉澤はグラスにワインを注ぎながら、歯の浮くようなセリフをさらりと口にする。

ストレートなだけに、本心から出た言葉のような気がした。

「……お上手ですね」

紗和は口もとに手を添えて、フフッと自然に微笑んだ。

嫌いな相手に言われたわけではないので、正直悪い気はしなかった。適度にアルコールがまわったことで、緊張がほぐれてきたようだ。肩から力が抜けて、少しだけしゃべれるようになっていた。

「あ……」

そのとき、肩と肩が微かに触れ合った。

いつの間にか、倉澤との距離が近くなっている。二本目のワインを持って戻ってきたとき、さりげなく近くに腰掛けたのだろう。今さら離れるのもおかしいと思い、そのままじっとしていた。

顔が火照っている。ほんのりと甘いワインのせいだろうか。ふと気づくと、倉澤の飾らない笑顔に惹きこまれそうになっていた。

（やだ……わたしったら……）

紗和はワイングラスをテーブルに置くと、自分の頬を手のひらで挟んだ。

「大丈夫だよ。ほんの少し桜色になってるだけだから」

倉澤がまたしても微笑みかけてくる。

藤島屋の仲居たちが見たら驚くに違いない。彼女たちの前で、倉澤は必要最低限の言葉しか話さないという。でも、紗和の前では、なぜかいつでも饒舌《じょうぜつ》だった。

「倉澤さまは人見知りなさるのですか？」

前々から疑問に思っていたことを口にしていた。

お客様のプライバシーには踏みこまないよう、常日頃から心がけている。それなのに、今夜に限ってついそんなことを尋ねてしまった。

「仕事中じゃないんだから〝さま〟はやめようよ。でも、嬉しいな……」

倉澤がぽつりとつぶやく。紗和は思わず小首をかしげるようにして、男の顔を見つめ返した。

「紗和さんが僕のことに興味を持ってくれるのは初めてだからね」

「す、すみません……失礼なことをお尋ねしてしまって」

慌てて謝罪するが、倉澤は口もとに微笑を湛えたままだった。サイドスタンドの淡い光が、倉澤の精悍な横顔を照らしていた。

「かまわないよ。もっと僕に興味を持ってもらいたいんだから」

冗談を言っている目ではなかった。紗和は返す言葉が見つからず、思わず黙りこんでしまう。すると倉澤はまっすぐに見つめたまま話しはじめた。

「妻は僕に興味を失ってしまったんだ。相手にされなくなるのは淋しいものさ」

「倉澤さん……」

言葉にすると妙に照れ臭い。呼び方が〝さま〟から〝さん〟に変わったことで、距離がぐっと近くなったような気がした。

「悪いことをしたと思ってる。当時、僕の頭のなかには、倉澤庵を大きくすることしかなかったからね」

バツイチだという噂は耳にしていたが、本人の口からその件に関する話を聞くのは初めてだった。

「もう六年前かな。愛想を尽かされて、実家に帰ってしまったよ」

倉澤はそこまで言うと、苦笑を浮かべて黙りこんだ。

それまで楽しそうに話していただけに、苦しげな表情が痛々しい。愛する人に出ていかれた者の気持ちなら、紗和にもよくわかった。

「夫も……わたしに魅力がないから出ていってしまったんです」

心の奥底に溜めこんでいた気持ちが言葉となって溢れだした。

夫が姿を消して、もうすぐ二年になる。たまに手紙が届いているとはいえ、すべての責任は自分にあるのではないかと思い悩んでいた。失踪の原因は借金ではなく、結局のところ愛情がなくなったからではないだろうか……。

「そんなことはない」

倉澤の力強い言葉で、紗和はうつむかせていた顔をあげた。

「紗和さんはすごく魅力的な女性だ。あなたの笑顔に癒やされている人がたくさんいる……なにを隠そう僕もそのひとりだからね」

「……え？」

着物の膝に置いていた手を、そっと握り締められる。大きな手で包みこまれて、じんわりと温かさが伝わってきた。

「そういえば質問に答えてなかったね。僕は確かに人見知りだけど、好きな女性の前だと逆におしゃべりになる。紗和さんの目には、軽薄な男に映ったかな？」

「いえ、そんなことは……」

「よかった。僕は昔からキミのファンだったんだ」

「あ、あの……倉澤さん？」

いったんは手を振り払おうとしたが、倉澤が離さなかった。そのうちに、もっと強く握ってもらいたいと感じる自分に気づいた。そんなふうに思ってしまうのは、心が弱っている証拠だろうか。

「離婚を経験して、もう恋愛はこりごりだと思ってた。なにもかもが面倒になったんだ。だけど、紗和さんに出会って変わったんだよ」

倉澤は熱っぽく語ると、紗和の瞳をじっと覗きこんでくる。その真剣な眼差しに心が大きく揺れていた。

「軽い気持ちじゃない。紗和さん、あなたを助けたいんだ」

「でも……あ……」

男らしく抱き寄せられて、胸の奥がキュンとなる。押し返すべきだと思うが、それができなかった。

「もう離したくない」

着物の背中にまわされた手に力がこもる。久しぶりの抱擁《ほうよう》だった。紗和はそっと瞳を閉じ、がっしりした胸板に頬を寄せていた。

(ああ……わたし、なにをしているの?)

心のなかで自分自身に問いかける。だが、この温もりを突き放すことなどできるはずがなかった。

若女将として気を張ってきたが、二年間に及ぶ淋しい暮らしは思っていた以上に紗和の心を疲弊させていた。ワインの酔いも手伝って、すべてが雰囲気に流されていきそうだった。

顎に指を添えられて、顔を上向きにされる。と、その直後、唇を奪われていた。

「ン……」

さすがに抗議の瞳で見あげるが、倉澤はかまうことなく唇を重ねつづける。しかも唇を割られて、肉厚の舌をヌルリと挿入されてしまった。

「うむぅっ……」

いきなりのディープキスに驚き、逞《たくま》しい腕のなかで身を硬くする。だが、緊張したのは一瞬だけだ。口内をねっとり舐《な》めまわされて舌を絡めとられると、途端に全身から力が抜けていった。

深い口づけを交わしたまま、ソファの上にやさしく押し倒される。下肢も掬いあげられて、白い足袋《たび》を穿《は》いた足も乗せあげられた。

(ま、待ってください……そんな……)

慌てて男の胸板を押し返そうとするがびくともしない。倉澤は添い寝するような格好で、片手を紗和のうなじのあたりにまわしている。もう片方の手は、着物の二の腕に添えられていた。

(孝志さん以外の人と……)

失踪して以来だから、約二年ぶりのキスになる。しかも、夫より倉澤のほうがはるかに情熱的だった。

眩暈《めまい》を起こしそうなディープキス——。

頭ではいけないことだとわかっているが、やさしく舌を絡められると抵抗できなくなる。粘膜をヌルヌルと擦り合わせる感触が、うっとりするほど心地よかった。

「ンぅっ……倉澤さん」

密着した唇の隙間から、苦しげな吐息が溢れだす。しかし、それでも倉澤は唇を解放しようとしなかった。歯茎の裏まで執拗に舐めまわし、唾液をトロリと流しこんでくるのだ。

紗和は眉を八の字に歪めて呻きながら、喉をコクコクと鳴らして男の唾液を飲みくだした。夫ともこんな激しいキスを交わしたことはない。罪悪感を覚えながらも、久しぶりのキスと抱擁に酔っていた。

(これが……倉澤さんの味……)

枯渇していた肉体に、男の唾液が染み渡っていくようだ。飲まされるほどに頭の芯がジーンと痺れて、抵抗力が奪われていく。胸板に押し当てている手には、もうまったく力が入っていなかった。

倉澤も紗和の舌を強く吸いあげて、甘露《かんろ》のような唾液を味わっていた。

唾液を飲まれていると思うと、それだけで妖しい気分になってくる。着物の上からやさしく撫でられている二の腕は、いつしか汗ばむほどに火照っていた。

ようやくディープキスから解放されるが、もう言葉を発する余裕はない。乱れた呼吸を整えるので精いっぱいだった。

倉澤の手が、帯の上から脇腹を撫でてくる。そして、ゆっくりと下方へ移動し、腰骨のあたりで円を描き、さらには着物越しに太腿を擦ってきた。

「倉澤さん……なにを……」

紗和は戸惑った声を漏らし、微かに身を捩《よじ》った。

身体に触れられて焦りを感じるが、すでにワインとディープキスで骨抜きにされている。その余裕たっぷりの紳士的な愛撫も、紗和の心を虜《とりこ》にしようとしていた。

「楽にしていいんだよ。ここは藤島屋じゃないんだ」

「でも……」

「今、キミは若女将じゃない。ひとりの女性なんだ。肩の力を抜いてごらん」

倉澤がやさしく語りかけてくる。その渋いバリトンボイスが、紗和の揺れる心を鷲《わし》掴《づか》みにした。

思えば夫が失踪してからというもの、心が安まることは一瞬たりともなかった。義父母や仲居、そしてお客様たちの前で、若女将として常に笑みを絶やさずがんばってきた。藤島屋を守るために、ただただ必死だった。

だが、倉澤にいたわりの言葉をかけられたことで、無意識のうちに抑えこんでいた思いに気づかされる。

(淋しかった……)

そう、淋しくて淋しくて、死んでしまいそうだった。

いつか夫が帰ってくると信じて耐えてきた。だが、もう限界に近づきつつある。疲れきった心が悲鳴をあげていた。

「倉澤さん……わたし……」

感情が高ぶり、これ以上しゃべると涙が溢れてしまいそうだった。思わず黙りこむと、着物の裾《すそ》から倉澤の手が入ってきた。

「あ……」

つるりとした臑《すね》を撫でられて、仰向《あおむ》けになった身体がヒクッと震える。温かい手のひらの感触が、ふくらはぎまでねっとりと這いまわるのを感じた。

「い、いけません……」

「僕はいつも紗和さんの笑顔で癒やしてもらってるんだ。今日は僕が紗和さんを癒やしてあげるよ」

倉澤はまるで聞く耳を持たない。着物の前合わせを割るようにして、膝から太腿にかけてを撫でまわしてくるのだ。

「待ってください……ンっ」

くすぐったいような感覚に思わず内腿を擦り合わせる。裾がはらりと捲《まく》れて、白い臑が間接照明の淡い光に照らしだされた。

（こんなこと、いけないのに……）

下唇を小さく噛み締めて、首をいやいやと左右に振った。

夫以外の男性に触れられるのは初めての経験だ。拒絶しなければと思うのだが、なぜか激しく抗うことができない。久しぶりの温もりを、もう少し感じていたいという気持ちが強かった。

「餅肌っていうのかな。肌が吸いついてくるみたいだ」

倉澤は下半身のほうにさがり、両手を着物のなかに入れて本格的に太腿をマッサージしてくる。むっちりした肉づきを確認するように大きな手がねちねちと蠢き、ときおりギュッと摑んでくるのだ。

「ンぅっ……いやです」

着物の裾は大きく乱れて、すでに両膝まで完全に露出している。紗和は恥ずかしさのあまり、足袋のつま先をもじつかせた。

倉澤の両手が太腿の外側を撫でながら、さらに上へとあがってくる。着物の前が強引に割られて、ついには太腿の付け根まで剝きだしになってしまう。

「やっ……見ないでください」

着物のときはラインが浮くのでパンティもブラジャーもつけていない。恥丘に茂る濃い陰毛が露わになり、激しい羞恥《しゅうち》がこみあげる。慌てて股間を両手で隠そうとするが、軽く払いのけられてしまった。

「隠さないで。すごく色っぽくて素敵だよ」

倉澤の声は若干興奮気味だ。着物が乱れた下腹部に熱い視線を感じ、紗和はたまらず下肢を捩らせた。

「見ないで、お願い……あっ」

恥丘に唇を押し当てられ、思わず小さな声が溢れだす。陰毛の上から口づけするように、何度も何度も唇を押しつけられるのだ。強引だがやさしい愛撫を受けて、女体は勝手にヒクヒクと反応した。

（ああ、こんなのって……どうしたらいいの？）

脳裏に浮かべた夫の顔に向かって問いかける。罪悪感がこみあげてくるが、やはり倉澤を突き放すことはできない。両腕は自分の身体を強く抱き締めている。汗ばんだ手のひらで、着物の二の腕を強く摑んでいた。

抵抗できないのはワインの酔いのせいだけではない。久しぶりに受ける愛撫は、夫よりもずっと繊細だった。恥丘にキスの雨を浴びせられて、紗和は切なげに眉を歪めていた。

「も、もう、やめてください……」

ぴっちり閉じた内腿の奥、女の中心部が熱くなっているのがわかる。これ以上されると、恥ずかしい声が漏れてしまいそうだった。すると倉澤の両手が膝にかかり、左右にググッと開きはじめた。

「あっ、や……いやです」

慌てて下肢に力をこめるが、男性の腕力に敵《かな》うはずがない。抵抗も虚しく着物の裾が大きく割れて、両脚をM字型に押し開かれてしまった。

「紗和さん、感じてくれてたんだね。嬉しいよ」

「いや、いや、見ないでください……こんなのひどいです」

女の源泉に視線が注がれているのを感じる。サーモンピンクの陰唇が潤っているのは間違いない。股間が空気に触れてひんやりとなり、周囲には発情したような卑猥な匂いが漂っていた。

「僕にまかせてくれないか。癒やしてあげるよ。身も心も……」

「あっ、なにを……だ、ダメです」

内腿に両手をあてがわれて、剝きだしになった陰唇を舌先でペロリと舐めあげられる。たったそれだけで、まるで雷《かみなり》に打たれたような衝撃が突き抜けた。

「そんな、口でなんて……ンぁっ、やめてください」

またしても舌を這わされて、腰がビクンッと跳ねあがる。初めて受ける凄まじい刺激に、とてもではないがじっとしていられなかった。

「すごい反応だね。もしかしてクンニされたことないのかな？」

倉澤が股間に顔を埋めたまま見あげてくる。ふいに視線がぶつかり、紗和は慌てて顔を背けた。

「こんなこと……夫は……」

言葉にした途端、またしても罪悪感に襲われる。夫以外の男性と淫らな行為をしていると思うと、胸の奥が締めつけられたように苦しくなった。

孝志がこんなに卑猥で刺激的な愛撫をするはずがない。指で恐るおそる触り、湿ってきたらすぐに挿入するのがいつものパターンだった。夫以外に男性を知らない紗和は、それが普通だと思っていた。

「そうなんだ。じゃあ、僕が旦那さん以上に感じさせてあげるよ」

倉澤がまたしても肉の合わせ目を舐めあげてくる。舌先で触れるか触れないかの微妙なタッチが、強烈な快感となって全身の細胞を震わせた。

「はンンっ……」

頭がガクンとのけ反り、後頭部をソファに押しつける。大きく股を開かされたまま、腰が勝手にくねりはじめていた。

倉澤の舌先はあくまでも繊細に蠢き、濡れた肉をやさしくねろりと舐めあげる。華蜜を舌でそっと掬うようにして、割れ目の上端に位置するクリトリスに塗りつけてくるのだ。

「ンンっ……や、やめてください」

どうしても声が掠れてしまう。これほどの快感はかつて味わったことがない。すでに夫とのセックスをはるかに凌駕する愉悦が、熟れた肉体を包みこんでいた。

「もう、これ以上は……お願いです……」

あまりにも快感が大きすぎて怖くなる。泣きべそをかいたような顔で懇願するが、倉澤の舌先はねろねろと卑猥に動きつづけていた。

「心配しなくても大丈夫。これは二人だけの秘密だよ」

「そんな……あンンっ、だ、ダメです」

頭の片隅に、夫の顔が浮かんでは消えていく。もう、どうしたらいいのかわからない。股間から背筋を駆けあがる快感に、恐れおののきながらも溺れていた。

「はンっ、いやです……ンっ……ンンっ」

いつしかクリトリスがビンビンに尖り勃っている。倉澤の舌はそこを集中的に責めたててきた。唾液と愛蜜を塗りたくり、舌先でやさしく転がされる。そして挙げ句の果てには、唇で強弱をつけて挟みこんでくるのだ。

「あっ、や、やめて……ンンンンッ、ああッ!」

ヒップがソファから浮きあがり、着物に包まれた上半身を抱き締めて硬直する。大股開きの下半身を二度三度と震わせると、ようやく脱力してヒップがソファの座面にドサッと落ちた。

強く閉じた目尻から涙が滲んでこめかみを流れ落ちていく。悲しくて泣いているわけではない。少なくともその瞬間は、夫のことさえ頭から消えていた。

（な……なに？　今の……）

まるで感電したような衝撃だった。

呼吸をハアハアと乱しながら、初めての体験に戸惑っていた。自分の身体になにが起こったのか理解できない。とにかく、目も眩《くら》むような凄まじい快感だった。

「イッたんだね。少しは気が晴れたかい？」

倉澤が覆い被さるようにして顔を覗きこんでくる。いつの間にかワイシャツを脱いでおり、年のわりに引き締まった胸板が剝きだしになっていた。

「え……倉澤さん？」

驚いて下半身を見やると、やはり服を脱ぎ捨てている。いきなり男性器が視界に飛びこんできて、思わず「やっ」と小さな悲鳴をあげていた。

胸の鼓動が急激に高まっていく。慌てて顔を背けるが、恐ろしいほどに反り返ったペニスが網膜にしっかりと焼きついていた。

夜の営みのときにチラリと見たことがある夫のものとは、サイズも色もまるで違っていた。孝志は白っぽくて可愛らしかったが、倉澤のそれは黒々としておりバットのように雄々しくそそり勃っていた。

困惑しているうちに、しどけなく開かれた脚の間に入りこまれてしまう。今さらながら貞操の危機を感じるが、どう対処すればいいのかわからない。紗和は震えながら、自分の身体を強く抱き締めるしかなかった。

「怖がることはないよ。噛みついたりしないからね」

倉澤はいつもの調子でやさしく語りかけながら、ゆっくりと顔を近づけてきた。紗和が首を捩ってキスを避けると、かまわず頬に口づけしてきた。

「ま、待ってください……困ります……」

肩をすくめて抗議するが、倉澤はまったく聞く耳を持ってくれない。右手で顎を掴まれて、またしても唇を奪われてしまった。

「ンぅっ……」

胸板を押し返そうとするが、舌を深く入れられると身体から力が抜けていく。唾液を口移しされたときは、反射的に喉を上下させて嚥下《えんげ》していた。

「本気で紗和さんのことを思ってるんだ。それだけはわかってほしい」

倉澤は唇を離して、熱心に語りかけてくる。その真剣な眼差しから、軽い気持ちでないことは伝わってきた。

「倉澤さんには感謝しています。でも、わたしには夫が——あっ」

そのとき、股間に硬い物が触れて言葉が途切れる。熱い肉の塊が、濡れそぼった陰唇に押しつけられていた。

「これが僕の気持ちだよ。紗和さんへの想いが、僕をこんなに硬くするんだ」

「やっ……それだけは……」

怯《おび》えた瞳で見あげると、倉澤はじっと見つめ返しながら腰を前進させる。途端に巨大な亀頭が陰唇を押し開き、女壺のなかにずっぷりと埋没した。

「あううっ……だ、ダメですっ」

凄まじい衝撃を受けて、全身が跳ねあがるように反応する。倉澤の亀頭はあまりにも大きく、膣口が裂けてしまうのではないかという恐怖に襲われた。

(こんなに大きいなんて……孝志さんと全然違う)

無意識のうちに夫と比べていたことに気づき、罪悪感がこみあげてくる。しかし、サイズの違いはあまりにも顕著だった。

「紗和さんとひとつになったんだ。感動だよ」

倉澤はさらに腰を送り、ゆっくりと男根を押しこんできた。

熱い肉柱が身体の中心部を貫いてくる。久しぶりに膣道を開かれる感触は強烈で、紗和は腰をアーチ状に反らして苦しげな声を漏らしていた。

「ンンっ、挿《い》れないで……はううっ」

じつに二年ぶりに男根を迎え入れたのだ。それだけに衝撃は大きく、膣道全体がザワザワと反応していた。

紗和が恐れおののいている間にも、長大な肉柱は媚肉を掻きわけるようにして入りこんでくる。膣壁を擦りあげながら前進をつづけて、夫では届かなかった場所まで先端が到達していた。

「ううっ、そんなに奥まで……」

ついに根元まで嵌《はま》りこみ、内臓を押しあげられるような錯覚に襲われる。あの巨大な亀頭が、信じられないほど深くまで埋まっていた。

とにかく圧倒的な存在感が下腹部にひろがっている。だが、いざ収まってしまうと膣が裂けそうな恐怖は消え去り、疼くような妖しい感覚が生じていた。

「きついね。あまり経験がないのかな」

倉澤は股間をぴったりと密着させて、男根を馴染ませるように微かに腰を揺らめかせている。陰毛同士が擦れ合い、シャリシャリと鳴っているのが卑猥だった。

(ああ、そんな……わたし、孝志さん以外の人と……)

罪悪感に胸を塞がれる。その一方で久々に膣を男根で埋めつくされる感触が、紗和の熟れた肉体を支配しようとしていた。

「こ、こんなこと……夫に知られたら……」

巨根を挿入されているため、掠れた声にしかならない。言葉を発することで腹筋が微かに動き、なおさら膣内のペニスを意識してしまう。

「キミはワインを飲んでるんだ。酔ってるから抵抗できなくても仕方ないだろう。誰も責めやしないさ」

倉澤は落ち着いた様子で語りかけてくるが、興奮しているのかいつもよりも少しだけ早口になっていた。そして、着物の衿もとに手をかけると、いきなり左右に割り開きはじめるのだ。

「やっ……」

白い乳房が露出し、慌てて両手で覆い隠す。だが、倉澤はその手首を掴むと無理やり引き剝がした。顔の横に手首を押さえつけて、まじまじと見おろしてくる。ソファの上に磔《はりつけ》にされたような状態だった。

「離してください……お願いです」

「せっかく綺麗なおっぱいをしてるんだ。隠すことないじゃないか」

粘着質な視線が胸もとに這いまわる。なだらかなラインを描く丘陵の裾野から、頂上で恥ずかしげに揺れるピンク色の乳首までをねちっこく視姦《しかん》されるのだ。

「い、いやです、そんなに見ないでください」

紗和は思わず羞恥の喘ぎを漏らして身を捩った。すると女穴を貫いている男根を擦りあげる結果となり、痺れるような感覚が突き抜けた。

「ああんっ……」

自分の唇から溢れた淫らがましい声に驚かされる。認めたくないが、それはまぎれもない快感だった。膣の奥からいやらしい蜜が溢れるのを自覚する。信じられないことに、夫以外のペニスを挿入されて身体が反応しているのだ。

(ウソよ……そんなはず……)

心のなかで否定するが、濡れている事実は変わらない。膣道がイソギンチャクのように勝手に蠢き、男根をクチュクチュと咀嚼《そしゃく》していた。

「やだ……どうしてなの？」

「紗和さんも興奮してるんだね。僕がもっと癒やしてあげるよ」

倉澤がねっとりと腰を振りはじめる。両手を押さえつけたままでの正常位だ。

「あっ……い、いや……」

紗和は眉を歪めて、下唇をキュッと噛み締めた。

夫よりもはるかに大きい男根が、焦れるようなスピードで引き抜かれて、再びじわじわと押しこまれてくる。膣壁を擦りあげられる感覚は強烈で、宙に浮いている白い足袋のつま先が小刻みに震えていた。

「ンっ……ああっ、やめて……動かないでください」

「もっと感じていいんだ。今夜は我慢することないんだよ」

倉澤がやさしく囁《ささや》きながら、腰の動きを少しずつ速めていく。ペニスをねちねちと出し入れされて、膣の奥から新たな蜜が染みだしてしまう。卑猥な水音が大きくなり、羞恥と快感が混ざり合って膨らんだ。

（孝志さん、どうしたらいいの？　わたし……わたし、もう……）

脳裏に浮かべた夫の顔に問いかける。しかし、急速に膨張していく愉悦が、すべての思考を押し流そうとしていた。

「何度も言ってるだろう。今のキミは若女将じゃない。ひとりの女なんだよ」

「これ以上は……あンっ……あンっ……」

力強いピストン運動がはじまると、堰《せき》を切ったように喘ぎ声が溢れだす。いやらしい声を振りまくほどに快感が大きくなる。やがてなにも考えられなくなり、苦しかった胸のうちが軽くなっていくような気がした。

思いきり誰かに甘えたかったのかもしれない。心にぽっかり空いた穴を、巨大なペニスが埋めている。今はただ、この快感に溺れていたかった。

「も、もうダメ、許してください……ンああっ」

押さえつけられていた手首を離されると、無意識のうちに男の首に両腕をまわしてしまう。頭の片隅ではいけないと思っている。それでも、夫以外のペニスを抽送《ちゅうそう》されることで、肉体は歓喜に打ち震えていた。

「感じてくれてるんだね。ほら、紗和さんのなかがこんなに……うぅっ」

倉澤が苦しげな声を漏らしながら、腰の動きをさらに速める。胸板で乳房を押し潰すように上半身をぴったりと密着させて、長大な男根で媚肉をヌプヌプと擦りあげてくるのだ。

「あっ、いや、奥はいや……ああっ」

「奥がいいんだね。じゃあ、ここを重点的に責めてあげるよ」

倉澤はペニスを根元まで押しこむと、腰をしゃくりあげるような動きに変える。濡れそぼった敏感な膣粘膜に、鋭角的に張りだした亀頭の笠が食いこんだ。

「あああッ……」

夫では届かなかった子宮口近くを抉《えぐ》られて、紗和はたまらず男の背中に爪を立てていた。頭のなかが真っ白になり、脚まで男の腰に巻きつけて喘ぎ啼《な》いた。

「くっ……紗和さん、もうすぐ出しますよ」

「あッ……あッ……そんな、ああッ」

「紗和さんの一番奥に……うぅッ、ぬおおおおッ！」

いつも紳士的な倉澤とは思えない、獣《けもの》のような唸り声が響き渡る。膣奥に埋めこまれた男根が激しく脈動し、沸騰した粘液が子宮口を直撃した。

「うああッ、熱いっ、い、いいっ、ああッ、いいっ、あああぁぁぁぁぁぁッ！」

中出しされる衝撃は強烈で、たまらず男の背中を掻きむしった。

もちろん、これほどの快感を体験するのは初めてだ。脳細胞が蕩けてしまいそうな悦楽の波が押し寄せて、逞しすぎる男根をギリギリと食い締めていた。

第二章　義弟によろめいて

1

倉澤と関係を持ってから一週間が経過し、紗和は今まで以上に若女将の仕事に没頭するようになっていた。

もうすぐ夕食の時間だ。本日は団体客の宴会が入っており、大広間が忙しくなるのは間違いない。紗和はその手伝いをするつもりでいた。

あれこれ考えながら、厨房に向かって廊下を歩いていく。今日は気を引き締めようと、女将から頂いた山吹色の着物に身を包んでいた。

(しっかりしないと……わたしは若女将なのよ)

心のなかで自分を叱咤《しった》する。しかし、気持ちは落ち着かないままだ。どうやっても、あの日の記憶を消すことはできなかった。

倉澤の前で乱れてしまった羞恥。初めて味わった陶酔。そして、愛する夫を裏切ったことによる後悔……。

それらが複雑に混ざり合い、紗和の胸を四六時中締めつけていた。

なにもかも忘れたくて、朝から晩まで休むことなく仕事をしている。だが、ふとした瞬間にあの日の記憶がよみがえってしまう。

夢中になって男の広い背中に爪を立てた。力強いピストンに合わせて、あられもない声をあげながら腰を振った。そして、夫よりもはるかに大きいペニスをこれでもかと締めつけたのだ。

灼《や》けつくような情事が終わると、紗和は力尽きたようにしばらく倒れこんだままだった。甘美なる陶酔が四肢の先まで痺れさせていた。指一本動かすことができないまま、時間ばかりが流れていった。

ようやく身を起こし、のろのろと着物の乱れを直しはじめたときは、すでに深夜になっていたと思う。

——本気だよ。

ソファに腰掛けた倉澤の言葉が耳に残っていた。

彼の車で自宅まで送ってもらった。紗和は一度も目を合わせないまま、明かりの消えている自宅に逃げこんだ。

翌日、携帯電話が何度か鳴ったが、液晶画面に表示された〝倉澤さま〟の文字を見るたび気持ちが萎縮した。とてもではないが、言葉を交わす勇気はなかった。

(孝志さん、許してください……もう絶対にあんなことは……)

日に何度も夫の顔を思い浮かべては、心のなかで謝罪している。

二度と過《あやま》ちを犯してはならない。事故に遭《あ》ったと思って忘れよう。いくらそう言い聞かせても、熟れた肉体には強烈なアクメの記憶が刻みこまれていた。

「紗和さん、大丈夫?」

突然、背後から大きな声が聞こえてどきりとする。厨房のすぐ手前で、従業員しか通らない通路だった。恐るおそる振り返ると、人気のない廊下に心配そうな顔をした女将が立っていた。

「お義母《かあ》さま、どうなさいました?」

紗和はすぐに微笑を浮かべると、女将のもとに歩み寄った。

義母は紫色の着物姿でたたずんでいる。珍しいことに笑みを忘れて、深刻な顔で見つめてきた。

「疲れてるんじゃない?」

「そんなことないですよ。大丈夫です」

紗和は胸のうちに渦巻く様々な思いを押し隠し、自らを鼓舞《こぶ》する意味もあって明るい声を返していく。だが、義母の表情は晴れなかった。

「でも、今だって全然気づかなかったでしょう」

「え……？」

「何度も呼んだのよ。それなのに紗和さん、思いつめてるみたいな顔をして」

どうやら呼ばれていることに気づかず歩いていたらしい。おそらく、あの日のことを思いだして、心を囚《とら》われていたのだろう。

「すみません、ちょっと考え事をしていて」

慌てて取り繕《つくろ》うとするが、義母は泣きそうな顔になって紗和の手を握ってきた。

「ごめんなさいね。紗和さんにばかり負担をかけてしまって」

「い、いえ……そんなことは……」

紗和は心苦しさのあまり、不自然に視線を逸《そ》らしてしまった。

倉澤との一件が心に引っかかっている。紗和が夫を裏切ったことを知ったら、義母はいったいどう思うだろうか。いくら淋しかったとはいえ、決して許されることではない。人の道に外れたことをしてしまったのだ。

「借金のことも、全部紗和さんにやってもらって……本当にありがとう」

義母は涙さえ滲ませて、紗和の手を両手でしっかりと握り締めてきた。

心から感謝されているのがわかるからこそ、ますます後ろめたくなってしまう。紗和は引き攣《つ》った笑みを浮かべて頷くことしかできなかった。

「紗和さんひとりに負担はかけられないわ。うちの息子が原因なんですから」

孝志の失踪が、紗和を疲れさせていると思っているのだろう。

もちろん、それも一因ではある。しかし、今もっとも紗和を苦しめているのは、倉澤に抱かれた激しくも甘美な記憶だった。

「そろそろお時間じゃありませんか？　わたしは夕食のお手伝いをしますので、お義母さまとお義父《とう》さまは、会合のほうをよろしくお願いします」

今夜は旅館組合の会合があり、藤島屋からは女将と社長が出席することになっていた。紗和は無理に微笑んで頭をさげると、逃げるように立ち去った。


大広間は七十畳の広々とした空間で、ステージにはカラオケセットも用意されている。主に団体客の夕食や宴会に使用されていた。

この日は土木業者の慰安旅行で、三十名ほどの男性客が宴会を行っていた。

座卓と座布団が整然と並べられており、日に焼けた体の大きな男たちが夕食を摂っている。すでに温泉に浸かった後で、全員が浴衣《ゆかた》姿だった。

信州名産の野沢菜漬けやわさび漬け、信州牛のすき焼き、それに倉澤庵から仕入れることになったそばもある。

肉体労働者だけに食欲旺盛だ。お櫃《ひつ》のなかの米が瞬く間に平らげられていく。紗和は大広間のなかを休みなく動きつづけた。お茶碗にご飯をよそっては、空になったコップにビールを注ぐ。重労働だが決して笑顔は絶やさない。お客様に気持ちよく食事をしてもらうのも、若女将の仕事だった。

食べる量も多ければ飲む量も凄まじい。紗和は仲居たちに指示して、冷えたビールを次々と運ばせた。

「若女将、ビールを注いでくれ」

「はい、ただいまお持ちいたします」

「こっちも空だぞ」

「はい、少々お待ちくださいい」

紗和はうなじに汗を浮かべながら、三十名のお客様全員のコップにビールを注いでまわる。厨房と大広間の往復は仲居たちにまかせて、紗和は若女将としてお客様をもてなすことに専念していた。

こうして忙しいなかに身を置くことで、頭のなかを空っぽにしたかった。夫のいない淋しさを誤魔化すために、倉澤と関係を持ってしまった罪悪感を忘れたい。ただその一心だった。

食事が終わると、大広間は本格的な飲み会の様相を呈してくる。ビールが足りなくなるのではと心配になるような飲み方だった。

「おーい、俺もビールを注いでくれよ」

声をかけてきたのは、長髪を派手な金色に染めた若者だ。年の頃は二十代前半だろうか。浴衣の袖《そで》を捲っており、筋肉質の太い腕が覗いている。いかにも血気盛んそうで、ギラつく目を着物の胸もとに這わせてきた。

「お待たせしました。どうぞ」

紗和は見られていることを意識しながら、若者の隣に正座をしてビールを注いだ。

(いやだわ……胸ばっかり見て)

卑猥な視線を向けられるのは珍しいことではない。しかし、何度経験しても慣れるものではなかった。こういうときは気づかない振りをするのが一番だ。それが女将から教わった酔客のあしらい方だった。

「お姉さん、年はいくつなの？」

若者はビールをひと息で飲み干すと、空になったグラスをすぐさま差し出してくる。不躾《ぶしつけ》な質問をされても、紗和はいつもの笑みを湛えたまま酌《しゃく》をした。

「もうお姉さんなんて呼ばれるほど若くないですよ」

なんとかやり過ごそうとするが、若者はまたしてもビールを飲み干してしまう。そして、ふてぶてしい態度でグラスを向けてくるのだ。

「早く注いでよ。俺、お姉さんのこと気に入っちゃったよ」

紗和は頬をこわばらせながら、グラスに向けてビール瓶を傾ける。そのとき、若者が片手を伸ばして尻をペロリと撫であげた。

「きゃっ！」

身体がビクッと反応して、ビールをこぼしてしまう。胡座《あぐら》をかいた若者の膝にかかり、浴衣をぐっしょりと濡らしてしまった。

「も、申し訳ございません」

紗和は慌てて頭をさげると、仲居にすぐタオルを持ってくるように頼んだ。

私服ではなく旅館の浴衣だったのがせめてもの救いだが、お客様にビールをかけるなど絶対にあってはならないことだった。たとえ悪戯《いたずら》をされてのことでも、若女将が動揺するようでは旅館の信用にかかわるのだ。

「ちょっと、なにやってんだよ」

痴漢まがいのことをしておきながら、若者が文句をつけてくる。本気で怒っているわけではなく、紗和が酔客のあしらいが下手なことを見抜いて、からかっているような雰囲気があった。

「おい、おまえら仲良くやってるじゃねえか」

「若造のくせに、若女将を独り占めか？」

他の男たちも楽しそうに見つめてくる。そこにいる全員が、若女将と若者のやり取りを面白がっているのだ。

「濡れちゃったじゃないか。どうしてくれるんだよ」

「本当に申し訳ございません」

紗和が頭をさげているところに、若い仲居が青ざめた顔でタオルを持ってきた。それを受け取ると、仲居には目で合図をしてさがらせる。ここにいると、彼女まで巻きこまれる可能性があった。

「失礼します」

お客様の濡れた浴衣にそっとタオルを押し当てる。すると、またしても周囲から下品な言葉が浴びせかけられた。

「おいおい、どんなサービスがはじまるんだ？」

「この旅館は若女将が抜いてくれるってか？」

男たちの間に爆笑がひろがる。土木業者の慰安旅行だ。これくらいのことは珍しくない。だが、今回のお客様たちは少し度が過ぎているようだ。いつの間にか、紗和は男たちに囲まれていた。

「お姉さん、ちゃんと拭いてよ」

「は、はい……申し訳ございません」

若者の隣に正座をして、濡れた浴衣を拭いていく。恐ろしくて顔をあげることができない。ガテン系のがっしりした男たちが、周囲に人垣を作っているのだ。

「あっ……」

またしても着物の上から尻に触れられる。今度は先ほどのように軽く撫でるだけではなく、双臀の丸みを確かめるように手のひらをしっかりと押し当てられた。

「あ、あの、お客様……」

「ん？　気にしないで拭いてよ。まだ濡れてるだろう」

若者はニヤけながら堂々と尻を撫でまわす。そして弾力を確かめるように、むぎゅむぎゅと握り締めてくるのだ。

「ンンっ……」

「どうかした？　ヘンな声出して」

「い……いえ……お拭きいたします」

紗和はどう対処すればいいのかわからず、うつむいたままだった。すると、人垣のなかから手が伸びてきて、やはり臀部をむんずと摑まれた。

「やっ……」

「おおっ、いい尻してるな」

頭の禿《は》げあがったベテラン風の中年男が、下卑《げび》た笑みを浮かべながら隣にしゃがみこんでくる。そして、無遠慮に尻肉を揉みまわしてきた。

「ンぅっ……お、お客様、困ります」

さすがに黙っていることができずに小声で抗議する。若者と中年男に挟まれて、左右の尻たぶを揉みしだかれているのだ。

「ケチ臭いこと言うなよ。旦那とは毎晩かい？」

中年男が赤ら顔でからかってくる。そして、なおのこと着物の上からヒップを悪戯されてしまう。

（ああ、いやです……孝志さんのことは言わないでください）

夫が失踪している状況で、あまりにもひどい言葉だった。だが、男たちは夫のことを知らないで言っているのだ。ましてや若女将という立場で、きつい態度をとることはできなかった。

「あの、こういうことはおやめください……」

やんわりと拒絶するが、酔った土木業者の男たちはさらにエスカレートしていく。正座をしている紗和を両脇から挟みこみ、双臀を好き放題に揉みまくる。周囲で見ている男たちもヘラヘラ笑うだけで、誰もとめようとはしなかった。

こんな場面でも女将なら上手くあしらうに違いない。以前、紗和が酔客に絡まれているとき、何度も助けてもらったことがある。女将は決して場の空気を損ねることなく、紗和とお客様の間に割って入ったものだった。

だが、今夜は義母も義父も旅館組合の会合に出席している。仲居は大勢いるが、柄の悪い男性客たちをとめられるはずがなかった。

「なあ、若女将。このケツ、毎晩旦那に揉まれてるのかよ」

中年男がしつこく絡んでくる。若者もグイグイと尻肉を捏《こ》ねまわしていた。

この窮地は紗和がひとりで乗りきるしかない。だが、正座をしたまま肩をすくめるだけで、打開策が見つからなかった。

「まさか結婚してないわけじゃないよな？」

「し、してます……けど……」

思わず言い淀《よど》んだとき、今度はうなじをそっと撫でられて、全身にゾゾッと鳥肌がひろがった。

「あンっ……」

「おっ、色っぽい声じゃねえか」

背後からまた別の男が悪戯してきたのだ。黒髪をアップに纏《まと》めているため、白いうなじが剝きだしになっている。そこに男たちの視線が集中していた。

「美味《うま》そうなうなじをしてやがるなぁ」

「まったく、旦那が羨《うらや》ましいぜ。このうなじを毎晩舐めまわせるんだからな」

「はンっ……お、お客様」

土木作業でざらついた指先が、敏感なうなじを這いまわる。ひとりではない。何人もの指先が、さわさわとくすぐるように白い肌を撫でているのだ。

「おやめください……ンンっ」

手にしていたタオルを強く握り締める。もう凍りついたように身体が固まっており、若者の浴衣を拭くことなどできなくなっていた。

ヒップを左右から揉まれて、うなじには何人もの指先が這いまわる。男たちにすれば、温泉宿の若女将を少しからかっているだけなのだろう。だが、熟れた女体はどんどん過敏になってしまう。

「どうせなら、お姉さんのケツ、直接揉んでみたいな」

「着物の上からがいいんじゃねえか。こういうのを風情があるって言うんだよ」

男たちは好き勝手なことを言いながらヒップを弄《もてあそ》んでくる。卑猥にねちねち撫でまわしては、ごつい指を柔らかい尻肉に食いこませてきた。

「あぅっ、や……本当に困ります」

正座をした状態で腰をくねらせると、男たちの間から「おおっ」と野太い歓声があがる。若女将が恥ずかしがる反応をするだけで楽しいらしい。だから、なおさら手を出している男たちも途中でやめることができないのだ。

（こんなとき、孝志さんがいてくれたら……）

ふと脳裏に夫の顔を思い浮かべた。

孝志は気が弱いところもあるが、正義感は持ち合わせている。妻が目の前で悪戯されていれば、きっと助けだしてくれるに違いない。大勢の男たちが相手でも、勇気を出して立ち向かってくれるだろう。

だが、失踪してもうすぐ二年が経とうとしている。手紙には「必ず帰る」と書いてあったが、いつ戻ってくるかはわからなかった。

夫のことを思いだすと、余計に悲しくなってしまう。倉澤の厚意により、ようやく借金を返済できたが、苦難の道はまだまだつづいていた。

「俺もちょっと触らせてもらうかな」

今まで見ているだけだった中年男が、人垣のなかから進みでる。そして着物の胸の膨らみに、手のひらを押し当ててきた。

「あっ……」

「へえ、結構でかいじゃねえか。あんた、いいモンもってるな」

好色そうに笑いかけられて、虫酸《むしず》が走るような嫌悪感が突き抜ける。思わず手を振り払うように身を捩った。

「お……おやめください」

「少しくらい触らせろよ。減るもんじゃねえし」

男は怯《ひる》むどころか、ますます大胆に胸を揉んでくる。きっちり着付けた着物の上から、いやらしい手つきで乳房を嬲《なぶ》られているのだ。

「い、いや……ンンっ、もう、これ以上は……」

明らかに度が過ぎた悪戯だが、紗和の抗う声は弱々しい。藤島屋を守らなければならない責任ある立場に加えて、元来穏やかな性格で自分の意見をはっきり口にできないところがあった。

三十人の男たちに囲まれて、羞恥と嫌悪感に身を捩る。顔が熱く火照っており、耳まで真っ赤に染まっていた。

「ンっ……いやです……いやンっ」

着物の上からとはいえ乳房と臀部、そしてうなじにも男たちの太い指が這いまわる。気弱な若女将にできることはなにもない。今にも泣きだしそうに瞳を潤ませて、眉を情けなく歪めるだけだった。

どんなに身を捩っても、両側に男たちがぴったり寄り添っている。仮に振り払ったところで、周囲には人垣ができているのだ。痴漢まがいの行為はエスカレートするばかりで、ブレーキが効かなくなりつつあった。気が動転して、紗和はもうどうすればいいのかわからなくなっていた。

「お、お客様、お願いですから……はンンっ」

紗和が嫌がるほどに、男たちの愛撫が大胆になる。すっかり囲まれているので、仲居が近くにいるのかどうかもわからない。

（このままだと……孝志さん、助けてください）

嫌な予感が脳裏をよぎる。いよいよ身の危険すら感じはじめたとき、大広間の襖が音を立てて乱暴に開け放たれた。

2

「義姉《ねえ》さん！」

和樹の声が聞こえて、紗和はうつむかせていた顔をはっとあげた。

場の空気ががらりと変わり、取り囲んでいた男たちにざわめきがひろがった。

「あんたたち、なにやってんだよ」

怒りを抑えこんだような義弟の声が近づいてくる。そして土木業者の団体客を掻きわけて、かたわらに駆け寄ってきた。

「義姉さんっ、大丈夫？」

両隣にいた男たちを摑んで乱暴に引き剝がすと、着物の肩にそっと手を置いてくる。

その手のひらから、はっきりと温もりが伝わってきた。

「か……和樹くん」

情けないほど声が掠れている。そっと見あげると、そこには夫と瓜二つのやさしい目をした義弟の顔があった。

(似てる……孝志さんに)

視線が重なった瞬間、紗和は胸の奥が熱くなるのを感じた。

これまでも面影は感じてはいたが、今日ほど似ていると思ったことはない。心のなかで夫に助けを求めていたので、余計に姿が重なって見えるのだろうか。いずれにせよ、和樹が救世主であることに変わりはなかった。

「どうして、和樹くんがここに?」

涙声で問いかける。お客様に悪戯されたことで気が動転していた。

「会社から帰ってきたら、仲居が家の前でおろおろしてたんだ。義姉さんが大変なことになってるって」

義弟は紺色のスーツ姿だった。どうやら仲居のひとりが危険と判断して助けを呼びに行ったらしい。そして、ちょうど帰宅した和樹に事情を説明したのだろう。

「義姉さん、行こう」

「あ……」

肩を抱くようにして身体を起こされる。足もとがふらついたが、義弟が逞しい腕でしっかりと支えてくれた。

そのまま大広間から連れだそうとしてくれる。だが、悪酔いしたガテン系の男たちが黙っていなかった。

「おい、おまえ何様のつもりだ！」

「宴会をぶち壊しにしやがって」

殺気立った怒号が飛び交う。男たちは今にも殴りかかってきそうな雰囲気だ。

「か、和樹くん……」

紗和はすっかり怯えきっていた。本来なら若女将として騒ぎを収束させなければならない。だが、この場から逃げだしたいという思いが勝っていた。

「義姉さんは黙っていて。大丈夫だから」

和樹はより険しい表情になっている。紗和をガードするように、着物の肩を強く抱き寄せた。そして、なにも言い返すことなく、男たちを押しのけて歩いていく。だが、最初にヒップを触ってきた金髪の若者が立ち塞がった。

「おまえなんだよ。そのお姉さんだって楽しんでたんだぞ」

浴衣の衿もとがだらしなく乱れており、ぶ厚い大胸筋が覗いている。普段から力仕事をしているのだろう、まるでプロレスラーのようにがっしりしていた。

「義姉さんはそんな女じゃないっ」

今まで黙っていた和樹が、怒りを滲ませた低い声でつぶやいた。義弟の口から、これほど感情がこもった言葉は温かい響きとなって、紗和の胸にひろがった。危険な状況だというのに、紗和は頭の片隅でそんなことを考えていた。

その言葉は温かい響きとなって、紗和の胸にひろがった。

「どいてくれ」

和樹がぶっきらぼうに告げる。紗和の肩はしっかり抱いたままだった。

すると、気色ばんだ若者が、いきなりワイシャツの胸ぐらを鷲掴みにする。そして間髪入れず、義弟の顔面に拳を叩きこんだ。

「うぐッ……」

和樹が呻き声を漏らして倒れこむ。だが、すぐに立ちあがると、やり返すことなく紗和を背中に庇《かば》って仁王立ちした。

和樹は従業員でこそないが、老舗温泉旅館の次男として生まれ育っている。お客様に手を出せば、理由はどうあれ藤島屋の信用に取り返しのつかない傷をつけることがわかっているのだ。

「なに格好つけてんだよ！」

若者は完全に逆上していた。さらに拳を振るって和樹の顔面を殴り飛ばした。

「や、やめてくださいっ」

さすがに黙っていられなかった。思わず声を張りあげたとき、取り囲んでいる男たちのなかから、頭の禿げあがったベテラン風の男が進みでた。

「いい加減にしねえか。そのヘンでやめとけ！」

決して大声というわけではないが、腹に響くような太い声だった。

他の男たちの雰囲気からして、リーダー的な立場の人間らしい。もしかしたら親方だろうか。

「警察沙汰にでもなったら、おまえら全員クビだぞ」

そのひと言で騒ぎはあっという間に収束した。粋《いき》がっていた若者は、親方らしき男に頭を叩かれてしゅんとなった。

「どうもすんません。うちのやつらは血の気が多くて」

「い、いえ……」

紗和は消え入りそうな声で返事をした。

調子に乗って羽目を外しすぎたのだろう。お客様に頭をさげられると、それ以上はなにも言うことができなかった。

3

「こんなの掠り傷だって」

和樹はおおげさにされるのを嫌がったが、紗和は手首を摑んで離さなかった。

「ダメよ。ちゃんと消毒しないと」

いつになく強い調子で義弟を制した。

人が殴られるのを初めて目にしてショックだった。義弟の切れた唇からは鮮血が流れているのだ。神経が昂ぶって、とにかく落ち着いていられなかった。

手当てをするため、仲居に命じて空いている部屋に布団を敷かせた。

女将がいれば旅館をまかせて自宅に向かうところだが、今夜は出かけている。若女将の紗和まで留守にするわけにはいかなかった。

紗和はぶつくさ言っている義弟を部屋に引っぱっていくと、スーツの上着を脱がせて横たわらせた。

「別に寝る必要ないじゃないか」

いったんは横になった和樹だが、疑問に思ったのか起きあがろうとする。紗和は布団のかたわらに正座をすると、義弟の肩をすかさず押し戻した。

「いけません。二回もぶたれたんだから、脳震盪《のうしんとう》を起こしているかもしれないわ」

「なに言ってんだよ。ここまで歩いてきただろう」

和樹は文句を言いつつも、今度は無理やり起きようとはしなかった。紗和の強い調子に押されて、素直に手当てを受ける気になったらしい。

仲居に頼んで置いた救急箱が枕元に置いてある。木製の珍しくもない救急セットだが、消毒くらいはこれでできるだろう。

「少し染みるわよ」

近くで見ると、傷は思いのほか浅いようだ。紗和は消毒液を脱脂綿に含ませると、義弟の切れた唇にそっと押し当てた。

「痛っ……」

和樹が眉をひそめて顔を背ける。紗和は義弟の頬にほっそりとした指を添えて、やさしく正面を向かせた。

「動かないでね。染みるって言ったでしょう」

「義姉さん、意外と乱暴だな……」

拗《す》ねたような声を出すと、義弟はまるで少年のような顔になる。二十六歳の和樹が、ふいに若い頃の夫の姿と重なりハッとした。

「も、もう……おおげさね」

紗和は子供に言い聞かせるようにして、再び唇の傷を脱脂綿でそっと撫でる。和樹は痛そうにしているが、まっすぐ天井を向いたまま我慢していた。

思えば義弟とこれほど会話を交わすのは初めてだ。

十年間もひとつ屋根の下で暮らしながら、口先だけの挨拶がせいぜいだった。藤島家に嫁いだ紗和としては、一日も早く馴染もうと歩み寄ったつもりだ。だが、和樹は心に壁を作っているようで、どうしても打ち解けることができなかった。

だから、こうして会話できることが嬉しくてならない。ようやく家族として認められたような気がした。

「和樹くん、ありがとう」

「え……？」

「藤島屋のために、手を出さないでくれたのね」

紗和は心から感謝の言葉を述べた。

たとえ自分とはわかりあえなくても、義弟が藤島屋のことを思ってくれているのが嬉しかった。

「……迷惑かけたくなかったからね」

「そう。和樹くん、お兄さん想いだものね」

紗和はしゃべりながら、夫のやさしげな顔を脳裏に浮かべていた。

和樹が兄のことを慕っているように、孝志も七つ年下の弟が可愛くて仕方がなかったらしい。よく弟との思い出話を語ってくれた。

孝志は争いごとの苦手なやさしい性格だが、人生で一度だけ殴り合いの喧嘩をしたことがあるという。とはいっても、「小学生の頃の話だから大したことないよ」と本人は笑っていた。

孝志が小学校六年生だったときの話だ。孝志の同級生が、和樹のカブトムシを盗ったことが原因らしい。

和樹が裏山で虫取りをしていたところ、すでに虫かごに入っていたカブトムシを奪われた。それを知った孝志が激怒して、弟のカブトムシを奪い返しにいったのだ。逆に殴られながらも、見事カブトムシを取り返したという。

だが、今度は兄が殴られたことを知った和樹が、仕返しに行こうとしたというから驚きだ。五歳だった和樹が敵うわけがなく、孝志が必死にとめたらしい。「悔し泣きする和樹をなだめるほうが大変だったよ」と孝志はどこか嬉しそうに話していた。

「お兄さんのために、ぶたれても我慢してたのよね」

夫のことを思いだすだけで涙腺が緩みそうになる。今日のようにショックな出来事があると、なおさら甘える相手がほしかった。

「……違うよ」

和樹がぽつりとつぶやいた。思いつめたような表情でそっぽを向いている。怒っているわけでないようだが、ずいぶん深刻そうな声だった。

「和樹くん？」

紗和は意味がわからず、小首をかしげるようにして義弟の顔を見おろした。脱脂綿を摘んだ指先は、宙に浮いたままだった。

「兄さん……じゃないんだ」

和樹は苦しげに言葉を吐きだした。なにがそれほどまでに義弟を苦しめているのか、紗和には想像すらつかなかった。

「お兄さんじゃない……って？」

「兄さんじゃなくて、俺は義姉さんに迷惑をかけたくなかったんだ」

まっすぐに見つめられてどきりとする。ほんの一瞬、夫の孝志と向かい合っているような錯覚に陥《おちい》っていた。

「そ、そうなの……ありがとう」

紗和はどぎまぎしながら、なんとか言葉を絞りだす。視線を逸らそうにも、魅入られたように身動きがとれなかった。

この感情の揺らめきは、いったいなんだろう。

危ないところを助けてもらったことが影響しているのは間違いない。そして義弟が目の前で殴られたことで激しく動揺していた。

「じつは……」

和樹が熱っぽい瞳で見つめながら口を開く。殴られて切れた唇が動くのを、紗和は黙って見つめていた。

「……お、俺、前から義姉さんのことが好きだった」

突然の告白だった。

そのひと言を聞いた瞬間、胸が締めつけられたように苦しくなる。和樹は赤の他人ではない。愛する夫の弟なのだ。思いもよらない義弟の台詞《せりふ》に動揺していた。

「ど、どうしたの、急に？」

なんとか気持ちを立て直そうとするが、戸惑いを隠すことはできなかった。

（やっぱり……似てる）

告白されたからだろう。余計に夫と姿がダブる。ちょっとした仕草が似ていて、義弟に夫の匂いを感じてしまう。

「じょ、冗談を言ってる場合じゃないでしょ……。消毒、するわよ」

揺れる心情を誤魔化して治療をつづけようとする。深刻に受けとめるよりも、ここは悪ふざけだったことにするのが一番だと思った。

なんとか平静を装い、和樹の顔を覗きこんでいく。そのとき、熱い視線が着物の胸もとに向いていることに気がついた。

不思議に思って見おろすと、衿もとが乱れて胸の谷間が覗いていた。

先ほど大広間で悪戯されたことで、着付けが崩れていたのだろう。そのうえ前屈みになったため衿もとが開いていたのだ。

「あ……ご、ごめんなさい」

慌てて身体を起こし、両手で衿を掻き合わせる。羞恥が胸のうちにひろがり、顔がかっと火照るのがわかった。

「俺、本気なんだ」

和樹の視線は真剣そのものだ。本気が伝わってくるからこそ、紗和はなおさら戸惑ってしまう。

(そんなこと言われても……)

やっとのことで視線を逸らしてうつむいた。

愛しているのはもちろん夫だけだ。しかも和樹は義理とはいえ弟なのだ。気持ちに応えることなどできるはずがなかった。

だが、和樹は身を挺《てい》して守ってくれた。そして、屈強な大勢の男たちに向かって言い放った言葉は、今も耳の奥にはっきりと残っている。

——義姉さんはそんな女じゃない。

あのとき感じた胸が温かくなるような気持ちはなんだろう。少なくとも悪い気分でなかったことだけは確かだ。

とにかく、和樹は怪我を負っている。その想いを受けとめることはできないが、かといって冷たくあしらうこともできなかった。

「ずっと我慢してたんだ。でも、もうダメなんだ」

和樹が手を掴んでくる。瞳が忙《せわ》しなく動き、紗和の顔と胸もとを往復した。衿もとはしっかり重ね合わせているが、胸の谷間を見たことで感情が昂ぶっているのかもしれない。若干呼吸が荒くなっているような気がした。

「お、落ち着いて……ねえ」

なんとか説得しようとするが、紗和の声は届いていないらしい。義弟の息遣いがどんどん荒くなっていくのがわかった。

「義姉さんっ！」

和樹は興奮気味に叫ぶと、紗和の手を引いて布団の上に転がしてしまう。そして、覆い被さるようにして、着物の肩をぐっと押さえつけてきた。

「ふ……ふざけてるだけよね？　ねえ、そうよね？」

頬を引き攣らせながら懸命に言葉を紡ぐ。今にも暴走しそうな義弟を、なんとかして抑えなければならなかった。

だが、和樹は肩を摑んだまま、いきなり顔を近づけてくる。紗和が慌てて顔を背けると、義弟の唇が頰に触れるのがわかった。

「だ、ダメよ、和樹くん、わかって」

さすがにじっとしていられない。なんとか逃れようと全力で身を捩る。だが、和樹はかまうことなく頰にキスの雨を降らせてきた。

「義姉さん、好きなんだ。本気なんだ」

「なにを言ってるの、わたしは孝志さんの……」

「兄さんには悪いと思ってる。だから……だから、ずっと我慢してたんだ」

胸のうちを吐露《とろ》しながら、何度も何度も口づけを迫ってくる。和樹の言葉には、その場限りではない情熱のようなものが感じられた。だからといって、到底受け入れることはできない。

「か、和樹くん……ンむぅっ」

ついに唇が捕まり、すぐさま舌が入りこんでくる。そして、奥で縮こまっていた舌を絡めとられてしまう。

(ああ、そんな……わたし、和樹くんと……)

双眸《そうぼう》を大きく見開いて固まった。

義理の弟と口づけを交わしている。しかも、舌と舌をねっとりと絡め合う濃厚なデイープキスだ。

夫の弟と唇を重ねるなど、絶対に許されることではない。しかし、その一方で孝志とのキスの味を思いだし、頭の芯がジーンと痺れはじめている。紗和は見開いていた瞳を、いつしかとろんと潤ませていた。

和樹のキスは、夫よりもずっと巧みだった。荒々しさのなかに繊細さがある。舌を強く吸ったかと思うと、舌先で口内をそっと撫でてくるのだ。

そのとき、ふと先日の倉澤との一件を思いだした。

ワインの酔いもあったとはいえ雰囲気に流され、そのまま抱かれてしまった。夫を裏切った罪悪感は今も消えていない。おそらく、この十字架を一生背負っていかなければならないだろう。

それを思うと、なおさら和樹と過ちを犯すわけにはいかない。万が一、夫の弟と関係を持つようなことになったら……。

「ンンっ、だ、ダメっ……ンむぅっ」

気力を振り絞って突き放そうとする。ワイシャツの胸板に両手を当てて、全力で押し返した。ようやく唇が離れるが、義弟は上に乗ったままだった。

「義姉さん……俺、もうとめられないよ」

和樹の目を見れば、普通の精神状態でないのは明らかだ。興奮で血走っているのに妙に据わっている。熱い想いが爆発してしまったようだ。

「お願いだから、話を聞いて」

紗和はもう一度説得を試みる。力で敵わないのなら、彼の良心に語りかけるしかなかった。

「血は繋がってないけれど姉弟なのよ……」

「姉弟……俺と義姉さんが……」

和樹が溜め息混じりにつぶやく。そして考えこむような表情になり、動きがぴったりとまった。

「わかってくれたのね。手を離してくれる？　肩が痛いの」

仰向けの状態で肩を強く押さえつけられている。和樹はよほど夢中になっていたのだろう、痣《あざ》になってしまいそうなほど力が入っていた。

「どうして、姉弟なんだろう……」

「え……？」

「俺と義姉さんは、どうして姉弟になっちゃったのかな」

和樹の両手は紗和の肩に乗っている。力こそ抜けているが、逃がさないぞという意思表示のような気がした。

「なにを……言ってるの？」

答えを聞くのが怖かった。だが、このままでいるわけにもいかない。ましてや、大声をあげて仲居を呼ぶわけにもいかなかった。こんな場面を見られたら、きっと妙な誤解を招いてしまうだろう。

「だって、兄さんと結婚しなかったら、俺にもチャンスはあったんだろう？」

肩にあてがわれていた和樹の手が、胸もとに降りてきて衿をがっしりと摑んだ。そして力まかせに左右に開いていく。双丘の白い谷間が覗き、蛍光灯の光に照らしだされた。

「あぁっ、ま、待って」

慌てて義弟の手首を握り締めるが、もうとめることはできない。あっという間に胸もとを大きく開かれて、ボリュームある乳房がまろびでた。

腰に帯がしっかり巻かれたままなので、余計に乳房の量感が強調されている。柔らかそうなのに張りもある、まさに今が食べ頃といった感じだ。白い丘陵と鮮やかなピンク色の乳頭が、卑猥な情景を織り成していた。

「これが、義姉さんの……」

和樹は血走った目を大きく見開き、たわわに実った双乳を見つめてくる。またしても鼻息が荒くなり、いきなり胸の谷間に顔を埋めてきた。

「義姉さんっ！」

「いやっ、和樹くん、いけないわ」

制止の言葉が虚しく響く。もう和樹の耳には届いていない。鼻先を乳房の間にこじ入れてクンクンと匂いを嗅ぎ、頬に当たる柔らかい感触を楽しむように首を左右に振ってくるのだ。

「この匂い……義姉さんの匂いだ……ああ、義姉さんっ」

「はンっ、いや、正気に戻って」

紗和は泣きそうになりながら訴える。義弟の肩を両手で摑んで押し返そうとするが、もう微動だにしなかった。

「ううっ……お願いだから、やめて」

「ここまで来て、もうとめられないよ」

和樹は両手を乳房の下側に添えると、迸《ほとばし》る想いのままに揉みあげてきた。柔らかい乳肉に、指をグニグニと食いこませてくる。さらには乳首に吸いつき、舌を這いまわらせてくるのだ。

「あぅっ……だ、ダメぇっ」

唾液を乗せた舌で舐めまわされると、乳首は義弟の口のなかで瞬く間に充血して尖り勃《た》っていく。するとなおさら敏感になり、乳輪と乳首で舌の動きをつぶさに感じ取ってしまうのだ。

「やっ……ンっ……いやよ」

舌先でピンピンと弾かれて、直後にジュルルッと吸いあげられる。義弟の口が離れると、ピンク色を濃くした乳頭が唾液に濡れて卑猥に濡れ光った。

同じことを左右の乳首にされて、下腹部に重苦しい疼きが芽生えはじめる。胸への刺激だけで身体が熱く火照り、腰が勝手にヒクついていた。

「感じてくれてるんだね。ほら、乳首がこんなに硬くなってるよ」

和樹は息を荒げてつぶやき、勃起した乳首を前歯で甘噛みしてくる。痛痒《いたがゆ》いような刺激がたまらない快感に変化し、紗和は布団の上で身悶えした。

「ンンっ、いけないわ、こんなこと……わたしたち、姉弟なのよ」

「わかってるよ、そんなこと……でも、俺……」

義弟の苦しげなつぶやきが耳孔《みみあな》に流れこんでくる。その直後、今度は首筋に吸いつかれて、背筋にゾクッとする快感が走り抜けた。

「はうンっ……」

顎を反射的に跳ねあげる。さらに、眉を八の字に歪めて「あひっ」と絞め殺されるような情けない声を放っていた。

「兄さんのお嫁さんだってわかってる……でも……でもさ」

まるで溢れだす想いをぶつけるように、首筋に舌を這わせてくる。鎖骨《さこつ》から耳の裏にかけてを舌先でくすぐり、やがて耳たぶを唇で咥《くわ》えこむのだ。

「やンっ……」

口を開くといやらしい声が漏れてしまいそうで、慌てて下唇を噛み締めた。

和樹の愛撫は性急だが、それだけに熱い気持ちが伝わってくるような気がする。若さのなかに、迸るような情熱が見え隠れしていた。

「俺だって忘れようとしたんだ。好きになっちゃいけない人なんだって」

「そんなにしないで……ンっ、耳はいや、はンンっ」

義弟の舌が耳の穴に入りこんでくる。夫にはされたことのない愛撫だ。耳がこんなに敏感だとは知らなかった。

卑猥に抜き差しされるとヌチャヌチャという音が頭のなかに響き渡り、性行為そのものを連想してしまう。どんなに首を振っても執拗に耳を狙われて、息も絶えだえになるまで舐めしゃぶられた。

「ンンっ、やめて、もう……あンっ、もう許して」

「他の女の子と付き合ったりしたけど、やっぱり比べちゃうんだ……義姉さんと」

和樹の手が下半身へと伸びてくる。着物の前を強引に割られて、いきなり膝に触れられた。

「ああっ、いけないわ、それ以上は……」

義弟の手が、さらに着物のなかに入りこんでくる。太腿を撫でまわされて妖しい感覚が膨らんでいく。

嫌悪感が生じないのは、義弟に夫の面影を重ねているからだろうか。それとも、愛の告白をされて気持ちが揺らいでいるのだろうか。

(そんなはず……孝志さんの弟なのに……)

心のなかで慌てて否定する。夫が失踪中だというのに、他の男性と関係を持つことなど許されない。そして、相手が義弟となればなおさらだった。

「和樹くん、もうダメよ。これ以上したら嫌いになるわ」

「義姉さん……どうしてそんなこと言うんだよ」

和樹は顔をあげると、悲しそうに見おろしてきた。澄んだ瞳には、困惑の色が浮かんでいるようだった。

少し胸が痛んだが、逃げるなら今しかない。

紗和はそっと身体を反転させてうつ伏せになった。そして義弟の下から這い出そうとしたとき、腰帯をがっしりと摑まれた。

「でも、やっぱり自分の気持ちにウソはつけないよ」

思いつめたような声だった。嫌な予感がすると思った次の瞬間、着物の裾を大きく捲りあげられた。

「あっ、やめて、離してっ」

四つん這いの状態で、白桃のような双臀を剥きだしにされてしまった。

しかも、若女将の正装ともいえる着物を乱されて、肉づきがよくてむっちりとしたヒップを高く掲げているのだ。屈辱と羞恥が混ざり合い、紗和の心を激しく揺さぶっていた。

背後からカチャカチャという音が聞こえてくる。和樹がスラックスのベルトを外しているのだ。慌てて振り向こうとしたときには、臀裂に熱い肉の塊が押しつけられていた。

「ま、まさか、それだけは、和樹くん、お願いっ……ああっ、ダメっ」

必死に懇願するが、陰唇にペニスの先端を押しつけられてしまう。なぜかヌチャッという湿った音が響き渡る。だが、その理由を考える間もなく、巨大な肉塊が強引に押しこまれてきた。

「あ、あひぃッ……」

火で炙《あぶ》った鉄棒を穿《うが》ちこまれたような衝撃が突き抜ける。敏感な膣粘膜を灼かれて、四つん這いの身体がビクンッと大きくのけ反った。

乱れた着物を纏い付かせていることで、淫らな雰囲気がよりいっそう色濃くなっていた。

「やった……義姉さんとひとつになったんだ」

和樹の興奮しきった声が遠くに聞こえる。

背後からいきなり犯されたショックは凄まじい。しかも、その相手が義弟だと思うと、気が遠くなりそうな罪悪感に襲われた。

（和樹くんと、こんなことになるなんて……）

紗和の頭は混乱しきっている。強引に迫られたとはいえ拒絶しきれず、ついにはペニスを挿入されてしまった。義理の弟と繋がってしまったのだ。

「お、お願いだからしないで……和樹くん……ンンンっ」

涙声での懇願は無視されて、さらに男根が押しこまれてくる。夫とは比べ物にならない、倉澤に負けず劣らずの巨根だった。ずっぽり埋めこまれると、ペニスの先端が子宮口に到達した。

「くうっ……く、苦しい」

バックから挿入されるのは初めての経験だ。夫とは正常位しか経験がなく、こんな獣のような恥ずかしい格好でのセックスは考えたこともなかった。

「あったかい……義姉さんのなか、すごくあったかいよ」

和樹はヒップを抱えこむようにして、股間をぴっちり押しつけている。媚肉の感触を堪能しているのか、うっとりしたような溜め息を漏らしていた。

「抜いて……お願い……抜いてぇ」

掠れた声でつぶやくが、まったく相手にしてもらえない。それどころか、和樹は股間を押しつけた状態で、ねちねちと腰をまわしはじめた。

「ンぁっ、やめて……」

子宮口近くを捏ねまわされる感覚は強烈だ。夫では届かなかった場所を、義弟のペニスが擦りあげている。紗和はたまらずシーツを握り締めて、眉間《みけん》に悩ましい縦皺《たてじわ》を刻みこんだ。

「だ、ダメよ……しないで……」

「でも、すごく濡れてるよ。義姉さんのなか」

「う、ウソ……そんなのウソよ……ンンっ」

いやいやと首を振りたくるが、指摘される前から薄々気づいていた。

挿入されるときに痛みを感じなかったのは、やはり濡れていたからだろう。認めたくないが、義弟の愛撫で感じていたのだ。

和樹が腰をまわすたび、ヌチャヌチャという水音が大きくなる。膣の奥から新たな愛蜜が次々と分泌されていた。

（ああ、そんなに奥ばっかり……）

強烈な圧迫感が疼くような愉悦へと変わっていく。義弟だということを忘れたわけではない。むしろ激しく意識すればするほど、背徳感さえ快感を高めるスパイスとなってしまう。

「動かしていいよね」

和樹は囁いてくると、答えを待たずに腰を振りはじめる。むちむちの尻肉をがっしりと摑み、巨大な男根をねっとりと抜き差しするのだ。

「あっ……やめて、和樹くん」

濡れそぼった膣壁を擦られて、尻肉が震えるほどの快感がひろがっていく。獣のような恥ずかしいポーズで犯されて赤面しながら、それでも喘ぎ声が漏れそうになるのをこらえていた。

(絶対にダメ……孝志さんの弟なのよ)

紗和は自分に言い聞かせると、懸命に背後を振り返る。そして、なんとか思い直してもらおうと、掠れた声で語りかけた。

「こんなこと、いけないのよ……ンンっ、わかるでしょう?」

「でも、俺、ずっと前から……初めて義姉さんに会ったときから……」

腰をねちねち使いながら、背中に覆い被さってくる。そして後《おく》れ毛《げ》が垂れかかるうなじに吸いついてきた。髪を結いあげているため、白いうなじが剝きだしだった。

「はンっ、初めて会ったときって……」

「俺はまだ十六のガキだった。それに兄さんが連れてきた人だったし……」

「あのときから、ずっと？」

初対面は十年前だ。和樹が心に壁を作っているように感じたのは、恋心を抱いたせいだったのかもしれない。

「そうだよ。義姉さんのことだけを見てきたんだ……ずっと……」

和樹は自分の言葉で昂ぶったのか、ピストンのスピードをアップさせる。摩擦感が強烈になり、結合部から響く湿った音が大きくなった。

「やっ、そんなに動かないで……ンあぁっ」

紗和の唇からこらえきれない喘ぎ声が溢れだす。巨大なペニスから生みだされる快感が、瞬く間に全身へとひろがっていた。

(どうしてこんなに大きいの？　兄弟なのに、孝志さんと全然違う)

比べてはいけないと思うが、和樹に夫の面影を感じているのだ。どうしても夫のことが脳裏に浮かんでしまう。男根が一往復するごとに罪悪感が膨らみ、同時に許されない愉悦が全身を熱くしていた。

「義姉さんとひとつになってるなんて夢みたいだ」

「あっ……もうダメよ、そんなにしないで」

十年間も想われていたのにまったく気づかなかった。毎日顔を合わせながら、気持ちを押し隠して暮らすのはつらかったに違いない。その十年分の想いが伝わってくるような激しい抽送だった。

「くっ……なかがグネグネ動いてるよ」

「う、ウソよ、そんな……あっ……あっ」

いつしか義弟の情熱に巻きこまれていく。紗和の唇から、切れぎれの喘ぎ声が漏れるようになっていた。

(義弟なのに、わたし……ああ、孝志さん、許してください)

心のなかで謝罪したが、それによりいっそう快感が大きくなってしまう。全身の感度があがり、四つん這いの淫らなポーズで背筋をググッと反らしていた。

「締まってきた……くぅっ、すごく締まってきたよ」

「ああっ、いや、こんなことダメなのに」

恥ずかしい声がひっきりなしに漏れてしまう。若さあふれる力強いピストンが、熟れた媚肉を容赦なく搔きわける。そこに背徳感がプラスされることで、快感は二倍にも三倍にも膨れあがった。

「義姉さんのことが好きだから、誰と付き合っても長つづきしなかったんだ」

「そんなこと言わないで……ああンっ、和樹くんっ……ああンっ」

もう感じていることを隠しきれない。紗和は歓喜の涙さえ流しながら、あられもないよがり啼《な》きを振りまいていた。

「義姉さんっ……義姉さんっ、好きだぁっ！」

和樹が呼びかけながら腰を激しく打ちつけてくる。ヒップがパンパンッと卑猥な音を響かせるのが恥ずかしい。しかし、それ以上に背徳的な快感が高まってきて、どうしようもなく溺れはじめていた。

「ああっ、こんなこと今夜だけよ」

「すごくいいよっ、義姉さんっ」

「お願いだから一回だけにして……あッ、あッ……ああッ」

シーツを掻き毟《むし》り、四つん這いの身体を悶えさせる。男根を突きこまれるたび、剥きだしの乳房を波打たせて首をガクガクと揺らしていた。

「あッ……あッ……激しいっ、ああッ、ああッ」

「うくぅっ、もうダメだっ、義姉さんっ、くおおおおッ！」

和樹が背後から乳房を握り締めて、膣の最深部で男根を脈動させる。煮えたぎった粘液が大量に噴きだし、子宮口を次々と射貫いていった。

「あああッ、熱いっ、和樹くんっ、あッ、あッ、いいっ、おかしくなりそうっ、も、もう、わたし……あぁッ、あひあぁぁぁぁぁぁぁッ！」

目も眩むような愉悦の波が押し寄せて、紗和はヒップを卑猥に振りたてた。顎が跳ねあがり、汗に濡れた後れ毛が小刻みに揺れる。膣は激しく収縮して、義弟の男根をこれでもかと締めつけていた。

第三章　露天風呂での淫戯

1

義弟に抱かれてから一週間ほどが経っている。

この日も紗和は朝から仕事に没頭していた。

少しでも気持ちが明るくなるようにと、若草色の着物に身を包んでいる。気持ちの乱れを引き締めるため、髪はいつにも増して入念に結いあげた。

日課である早朝の掃除からはじまり、朝食の支度の手伝い、お客様のお見送りとお出迎え、少しでも時間に余裕ができれば館内や温泉のチェックなど、おもてなしの準備に余念がなかった。

「紗和さん、お昼は食べたの？」

廊下でばったり会った女将が、にこやかに話しかけてきた。

休憩も取らずに働く紗和を見て、義母はさりげなく気遣ってくれる。だが、そうやって声をかけてもらうほどに罪悪感が深くなるのだ。

「あとで頂きます」

紗和は義母と視線を合わせることができず、うつむき加減に立ち去った。

若女将として忙しく働くことで、すべてを忘れたい。なにも考えないで済む状態に身を置きたかった。しかし、どんなに自分を誤魔化したところで無駄なこともわかっている。犯した過ちをなかったことにはできないのだ。

この一週間、なるべく和樹と顔を会わせないように過ごしていた。

それでも昨夜は、帰宅するとリビングでいっしょになってしまった。義弟はテレビを眺めていたが、本当は紗和を待っていたらしい。いつもなら缶ビールを飲んでいるのに、やけに深刻そうな顔でテレビ画面を見つめていたのだ。

和樹がなにか話しかけたそうにしていたのがわかった。だが、わざと気づかない振りをした。

あれは一回だけの過ちだから。

紗和の態度に感じるものがあったのかもしれない。この間のように、強引に迫ってくることはなかった。両親がいることも気になっていたのだろう。義理とはいえ姉弟なのだから……。

義弟には悪いと思うが、避けつづけるしかなかった。

二度と間違いがあってはならない。二度と流されてはならない。二度と夫を裏切ってはならない。そう心のなかで念じつづけていた。

だからといって、義弟を嫌いになったわけではない。むしろ、十年間の距離を埋めることができて喜びすら感じている。彼と肌を合わせて激しく求められたことで、不思議な安らぎを感じたのは事実だった。

(まさか、和樹くんと関係を持ってしまうなんて……)

気づくと義弟のことばかり考えていた。

姿形はもちろん、ちょっとした仕草に失踪中の夫の面影を感じてしまう。だからこそ和樹のことが頭から離れなかった。

昨夜の悲しげな表情が、網膜にしっかりと焼きついている。せっかく待っていてくれたのに、紗和は「ただいま」と素っ気なく告げただけで逃げるようにリビングから出ていったのだ。

(ごめんなさい……わたしがフラフラしてたから……)

脳裏に浮かべた義弟の顔に向かって謝罪した。

まっすぐに気持ちをぶつけてきた和樹を、きっぱり拒絶できなかった自分に非がある。だが、今さらそんなことを言ってもはじまらない。とにかく、今後どう接するべきかが重要だった。

頭のなかに浮かんでいる和樹の顔に、白い靄《もや》がかかって霞《かす》んでいく。と、次の瞬間には靄が晴れて、孝志の顔に変化していた。

（ああっ、許してください……もう、絶対にあんなことは……）

紗和は眩暈を感じ、思わず廊下の壁に右手をついて身体を支える。呼吸が苦しくなり、着物で締めつけられた胸を喘がせた。

「若女将、大丈夫ですか？」

そのとき、声をかけられてはっとする。うつむかせていた顔をあげると、若い仲居が心配そうに覗きこんでいた。

「あ……なんでもないわ。なにかありましたか？」

紗和は慌てて笑みを返し、何事もなかったように取り繕った。仲居は納得していないようだったが、それでも用件を話しはじめた。

「倉澤さまがお見えになっております。女将が若女将に伝えるようにと」

「わ、わかりました」

倉澤という名前を聞いた途端、心に動揺が走った。

彼の自宅で抱かれた記憶は、胸の奥にしっかりと刻みこまれている。初めて夫以外の男性と関係を持ったのだ。あの背徳感と罪悪感に満ちた目も眩むような体験を、そう簡単に忘れられるはずがなかった。

「ご予約は入っていなかったはずだけど……」

「はい。なんでも急に時間が空いたからだとか。そういえば、倉澤さまがご予約なしでいらっしゃるのは初めてですね」

「え、ええ……そうね」

曖昧《あいまい》な返事をしながら、不安がひろがっていくのを感じていた。

融資をしてもらった手前、倉澤に挨拶をしないわけにはいかない。だが、また迫られたりしたら、どうすればいいのだろう。

仲居の伝言を受けた紗和は、とりあえず事務所に戻ることにした。倉澤への挨拶を女将に代わってもらうつもりだった。

「あら、紗和さん。もう聞いたかしら？」

フロントの前に女将が立っていた。

紗和の姿を見つけるなり、慌てたような口ぶりで語りかけてくる。藤島屋の窮地を救った倉澤は、もはやお客様というより特別な存在になっているのだろう。

「倉澤さまがお見えになっているとか」

紗和は努めて冷静な口調を心がけた。女将に動揺を悟られて、倉澤との仲を勘繰《かんぐ》られたくない。だが、そんな心配は無用のようだった。

「そうなのよ。紗和さん、急いでご挨拶に行ってもらえるかしら」

女将の頭のなかには、倉澤に対する感謝の気持ちしかない。とにかく礼を尽くすことが先決と考えているようだった。

「あの、今日はお義母《かあ》さまが行かれたほうが……」

紗和が思いきって切りだすと、女将はにっこりと微笑んだ。

「安心してちょうだい。わたしとお父さんはもう行ってきましたよ」

どうやら、社長である義父といっしょに挨拶を済ませてきたらしい。あとは若女将の紗和が行くだけとなっていた。

「で、では……温泉の様子を見てから……」

なんとか後まわしにしようと、忙しい振りをする。だが、女将は手振りを交えて紗和を制してきた。

「なにを呑気《のんき》なこと言ってるの。そんなことわたしがやっておくから、紗和さんは急いでご挨拶に行ってらっしゃい」

「でも……」

「おもてなしの心を忘れてはいけませんよ」

珍しく強い口調でたしなめられて、それ以上なにも言えなくなってしまう。確かにすぐさま挨拶に向かうのが、若女将としての礼儀だろう。たとえ後まわしにしたところで、無視することはできないのだ。

紗和は逃げ道をなくし、仕方なく離れへ向かうことにする。

実際、倉澤の融資のおかげで藤島屋は救われた。あとは全従業員が一丸となってがんばるだけだ。そのなかに夫の姿がないのが淋しかった。

2

飛び石の上を、楚々《そそ》とした仕草で歩いていく。

離れの和室が近づいてくるほどに、胸の鼓動が高鳴りはじめる。どんな顔をして倉澤に会えばいいのか、誰かに教えてもらいたかった。

引き戸を開けて襖《ふすま》の前で正座をしたとき、室内から話し声が聞こえてきた。

『その件に関しては、この間も説明したと思うが——』

倉澤の声だった。

いったい誰と話しているのだろう。これまで、倉澤は必ずひとりで藤島屋を訪れていた。それなのに人を連れてくるとは、どういった心境の変化なのか。

隠れ家的な癒しの空間を楽しんでいるのだと思っていた。それなのに、ついこの間までリラックスするために訪れていた離れの和室は、ビジネスの接待に使う場所になってしまったというのか。

もちろんその使い方が悪いわけではない。だが、倉澤にとってはプライベートな時間をゆっくり過ごす特別な場所だったはず。それなのに……。

一線を越えたことが影響しているような気がして、紗和は少し悲しい気持ちになってくる。自分の優柔不断な態度により、大勢の人を傷つけているのではないかと不安になった。

(電話に出なかったから？)

紗和はあの日以降、倉澤からの電話を無視しつづけていた。関係がずるずるつづくのを避けたかった。あれは一度だけの過ちなのだ。だが、倉澤の心から藤島屋が離れていくのは淋しかった。

『資金繰りのことは心配しなくていい、僕がなんとかする』

襖越しに倉澤の声が聞こえている。話の腰を折らないよう、会話が途切れたタイミングで襖を開けるつもりだった。

『出店の計画を遅らせれば済む話だろう』

そのとき、相手の声が聞こえないことに気がついた。先ほどから倉澤の声しか聞こえていないのだ。

(電話？　携帯電話でお話ししているんだわ)

そのことに気づいた途端、紗和の心は少しだけ軽くなった。

倉澤はこの部屋をビジネスに使っているわけではない。今まで通り、プライベートな時間を過ごすための来訪だったのだろう。

『あの資金は知り合いのところに先日、融資した。東京はまた今度挑戦すればいい』

どうやら会社の人と電話をしているらしい。しかし、その内容が気になった。盗み聞きするつもりはなかったが、どうしても会話が耳に入ってしまう。「先日、融資した」というのは、藤島屋のことだと思った。

『大丈夫。絶対に信頼できる相手だ』

倉澤は説得するような口調で言うと、通話を切って溜め息を漏らした。

どうやら藤島屋が融資してもらったことで、倉澤庵に少なからず迷惑がかかってしまったらしい。東京進出を狙っているという噂は前々からあったが、会話の内容からするとその計画が遅れるようだった。

(倉澤さん、そんなことひと言も……)

紗和は申し訳ない気持ちになり、深く反省した。藤島屋のことばかりで、倉澤に迷惑が及ぶ可能性までは考えていなかった。

「失礼いたします」

会話が終わってからしばらく間をとって、紗和は静かに襖を開いた。

倉澤は専用露天風呂に入ったらしく浴衣姿だ。座椅子に腰掛けて、何事もなかったかのようにくつろいでいた。

「やあ、紗和さん。久しぶりだね」

いつもと変わらない笑顔を向けられて、少しくすぐったい気持ちになる。ここに来るまでは不安だったが、倉澤の顔を見た途端、心がすっと軽くなった。

座卓の上には熱燗《あつかん》の徳利《とつくり》とお猪口《ちょこ》がひとつ用意されている。そして、その隣には携帯電話がさりげなく置かれていた。

紗和は部屋に入って襖を閉めると、姿勢を正して座る。そして、神妙な顔つきで深々と頭をさげて言った。

「先日はお礼も申しあげず、大変失礼いたしました」

「え……紗和さん？」

「また、お電話を頂戴したにもかかわらず――」

「ちょっとストップ！」

倉澤が慌てたように遮《さえぎ》り、顔をあげるように促してくる。そして紗和の瞳を見つめると、ほうっと小さく息を吐きだした。

「堅苦しいのは苦手なんだ。僕はここにくつろぎに来てるんだからね」

倉澤の顔にはやさしげな笑みが浮かんでいる。送ってもらったときに礼を言わなかったことも、電話を無視しつづけたことも怒っていないらしい。いや、怒っているのかもしれないが、少なくとも表情や態度には出ていなかった。

「でも、そうだな。お詫びがしたいなら、お酌でもしてもらおうかな」

「はい……」

倉澤がいつもどおりに接してくれるので、紗和も多少ぎこちないながら普通に振る舞うことができた。

膝でにじり寄ると、倉澤の隣であらたまって正座をする。そして、袖を片手で押さえながら徳利に手を伸ばした。

「あ……お取り替えしましょうか」

たっぷりとした重みはあるのに、徳利はすっかりぬるくなっている。運ばれてきてから、だいぶ時間が経っているらしい。

「そのままでいいよ。今日はぬる燗ってことで」

屈託のない台詞はいかにも倉澤らしかった。

(もしかして……わたしが来るのを?)

そんなふうに考えてしまうのは、一度でも抱かれているからだろうか。自分の図々しい考えに気づき、紗和はひとり赤面していた。

倉澤が手にしたお猪口に、ぬるくなった日本酒を注いだ。手が震えそうになるのが恥ずかしくて、ますます顔が熱くなった。

倉澤は日本酒をきゅっと飲み干すと、当たり前のように、紗和にお猪口を差しだしてきた。これまでなら、業務中ということで丁重にお断りしているところだ。だが、逡巡したのは一瞬だけだった。

「お、珍しいね」

紗和がお猪口を受け取ると、倉澤は嬉しそうに微笑んだ。

融資をしてもらったからなのか、それとも快楽を与えてもらったからなのか。いずれにせよ、断るのは違うような気がした。

紗和はお猪口に注がれた日本酒をじっと見つめると、ひと息に呷った。

「ふぅ……」

喉から食道にかけてが熱くなり、やがて胃のなかがぽっと火照ってくる。疲労が蓄積した身体には、たったお猪口一杯の日本酒でもこたえるものがあった。

今度は紗和が酌をする。倉澤は終始ご機嫌な様子で日本酒をぐいぐいと飲んだ。

「あの……ご迷惑をおかけしていませんか？」

やはり黙っていることはできない。紗和は先ほどから気になっていたことを、思いきって尋ねてみた。

「なにがだい？」

倉澤は本当にわかっていないのか、きょとんとした顔で聞き返してくる。そして、お猪口をそっと座卓の上に置いた。

「融資のことです……ご無理をなさったのではと……」

口に出すべきではないとも思った。だが、倉澤の負担になっているのなら、甘えることはできない。もとはといえば、夫が作った借金なのだから……。

「そのことなら、まったく問題ないよ」

深刻になっている紗和とは裏腹に、倉澤は明るい声で言い放った。

「でも、先ほどお電話で……すみません、聞くつもりはなかったのですけど」

紗和は思わずうつむいていた。

黙っていればよかったのかもしれないが、倉澤の前で誤魔化すようなことはしたくなかった。そんなふうに考える時点で、特別扱いしている証拠かもしれない。とにかく、倉澤の存在が紗和のなかでどんどん大きくなっていた。

「聞こえましたか。いや、こちらこそ大きな声で失礼しました。確かに計画の変更はあるけど、無謀な融資をしたつもりはないよ」

「そうなのでしょうか……」

「伝統ある藤島屋さんで、うちのそばを使ってもらえてるんだ。こういうのは下手なＣＭを打つよりも効果があるんだよ」

先ほどの電話とはまったく異なる雰囲気だ。その言葉には、倉澤庵を一大チェーンに育てあげた若手社長としての自信と、紗和に余計な気を遣わせないようにという心配りが感じられた。

（倉澤さんがいなかったら、藤島屋はどうなっていたことか……）

東京進出の計画を変更してまで、融資をしてもらえたのだ。かなり無理をしたのは間違いない。誠意ある対応に、紗和の胸は感謝の気持ちでいっぱいだった。

「お礼をさせてください。わたしにできることはありませんか？」

せめて倉澤が満足するおもてなしをしたい。温泉宿の若女将として、できる限りのことをするつもりだった。

「そうだな……」

倉澤が身を乗りだすようにして、ぐっと顔を近づけてきた。

男らしい体臭が鼻腔に流れこんでくる。それだけで頭がクラッとして、同時に夫の顔が脳裏をよぎった。

倉澤の要望に応える準備はあるが、肉体関係だけは断るつもりでいた。

一度だけなら過ちだと言い訳できる。でも、二度目は確信犯だ。そうなると、もはや浮気ではなく不倫になってしまう。

（そんなこと、絶対に……）

紗和が肩をすくめて小さく首を振ると、倉澤はお猪口に酒を注いで無言で差しだしてきた。紗和はそれを受け取り、勧められるまま一気に飲んだ。今度は身体全体がかっと熱くなった。

「じつは、謝らないといけないことがある。怒らないで聞いてほしい」

倉澤があらたまった様子で切りだした。

「紗和さんにウソをついていた」

「……え？」

紗和が小さな声を漏らしたのは、倉澤の告白に驚いたからではない。膝に置いていた手をいきなり握られたのだ。

「僕が融資をしたのは藤島屋のためじゃないんだ」

「どういう……ことでしょうか？」

意味がわからなかった。日本酒の酔いもあり、頭がぽうっとなっている。手に伝わる体温が心地よくて、振り払おうとは思わなかった。

「藤島屋のためじゃない。紗和さんを助けたかったんだ」

両手を包みこむようにして、しっかりと握られている。すぐ近くから見つめてくる目は、真剣そのものだった。

「キミのことを支えたいんだ」

渋いバリトンボイスで囁かれて、着物の肩に手をまわされた。強く抱き寄せられると、正座が崩れて横座りになる。自然と男にしなだれかかり、浴衣に包まれた胸板に頬を擦りつける格好になった。

「ああ……」

たったそれだけのことで、先日抱かれたときの快感がよみがえってしまう。下腹部の奥が温かくなり、思わず内腿を擦り合わせた。

（やだ……どうして？）

肉体の反応を自覚し、慌てて自分を戒《いまし》める。もう、これ以上夫を裏切るわけにはいかなかった。

しかし、夫のことを思うほどに淋しさがこみあげてくる。この孤独感を癒やしてくれる人はいないのだ。しかも義弟と関係を持ってしまったことで、心が不安定になっている。どこかに逃げ道を探しているのも事実だった。

「この間みたいなことは、もう……」

肩を抱かれたまま、弱々しく首を振りたくる。それが今の紗和にできる精いっぱいの拒絶だった。

「無理やり抱こうとは思わない。でも、せめてこれをなんとかしてほしい」

倉澤が自分の股間を見おろした。胡座をかいており、浴衣の股間部分がこんもりと膨らんでいる。いつからそうなっていたのだろう。あの巨根を思いだし、またしても下腹部がずくりと疼いた。

「確か、お礼をしてくれるんだよね」

「どうすれば……いいんですか？」

掠れた声で尋ねると、手を取られて股間へと導かれる。そして浴衣の膨らみに、手のひらを乗せられてしまった。

「わかるだろう。こんなになってるんだ……頼むよ」

「わ……わかりません」

紗和は視線を逸らしながらつぶやいた。

だが、押さえられているわけではないのに、熱い膨らみから手のひらを離すことができない。そこは心臓の鼓動に合わせて脈打っている。その妖しげな蠢きが、紗和の心をしっかりと捕らえていた。

わからないとは答えたが、射精に導くことを要求されているのはわかっていた。

紗和は羞恥に目もとを染めながら、浴衣の股間に右手を差し入れていく。前が自然とはだけて、黒いボクサーブリーフが露わになる。男根の形をくっきり浮きあがらせた下着に、手のひらをそっと重ねた。

（ああ、すごく硬い……）

ただ感謝の気持ちを伝えたい。その一心で膨らみを撫でまわす。だが、もちろんそれくらいでは、まったく射精する気配がなかった。

「直接触ってもらえないか」

倉澤にそう言われれば従うしかない。ボクサーブリーフのウエストに指をかけて脱がしにかかる。倉澤が尻を浮かせたので、あっさりおろすことができた。

（やっぱり大きい……）

恐るおそる見おろすと、巨大な男根が弓なりに反り返っている。その先端は透明な汁で濡れて、淫らがましい光を放っていた。

「指を巻きつけてごらん。嚙みつかないから大丈夫だよ」

倉澤の声はあくまでも穏やかだが、有無を言わせないような響きを含んでいる。紗和は震える指を、太すぎる肉柱にそっと巻きつけた。

「あ……熱いです」

つい唇から感想が溢れだす。黙りこんでいると、その迫力に押し潰されてしまいそうな気がした。

「摑んでるだけじゃダメだよ。ゆっくり動かすんだ」

言われるままに、じわじわと指をスライドさせる。すると肉柱がヒクッと震えて、尿道口から新たな汁が溢れだした。それと同時に濃厚な牡の匂いが漂い、離れの和室に充満していく。

（すごい匂い……いやらしいわ）

頭がクラッとして、淫らな気持ちになってくる。手のひらで感じる男根の熱さも強烈で、胸の鼓動を高鳴らせていた。自然と指の動きが速くなる。だが、倉澤はときおり呻くだけで、まだまだ射精しそうになかった。

「紗和さん、気持ちいいよ」

倉澤の溜め息混じりの声が聞こえてきた。

指を滑らせるたび、先端から滾々《こんこん》と汁が湧きだしてくる。肉竿《にくざお》をトロトロと垂れ落ちて、紗和の指を濡らしていく。なぜか嫌な感じはしなかった。その汁を潤滑剤代わりにして、一心不乱に男根をしごきたてた。

「いいよ。上手だね」

褒められると、恥ずかしいけれど嬉しくなる。顔が熱くなるのを自覚して、思わず硬い肉棒を握り締めた。

「今度は口でしてもらおうかな」

「え……それは……」

「無理ならいいんだ。でも、紗和さんにしてもらえたら、こんなに嬉しいことはないんだけどな」

倉澤が低い声でつぶやいた。

「嬉しい……ですか？」

聞き返す間も、男根を強く握ったままだった。

喜んでもらえることがしたい。そんなふうに思うのはなぜだろう。純粋に感謝の気持ちからなのか、それとも別の感情があるからなのか。もしかしたら、誰かに必要とされたかったのかもしれない。

「嬉しいさ。紗和さんのことが好きだからね」

倉澤の声が背中を後押しする。

（でも、孝志さんにもそんなにしたことないのに……）

夫の顔が脳裏をよぎった。だが、なぜかやめようとは思わない。紗和は心臓の鼓動が高まるのを感じながら、男の股間に顔を近づけていく。牡の匂いがさらに濃くなるが、まったく嫌悪感は湧かなかった。

（これが、倉澤さんの匂い……）

紗和は瞳をとろんと潤ませて、濡れた亀頭に唇を被せた。

「むンンっ……」

先端を口に含むと、さすがにむせ返りそうな牡臭が口内にひろがった。

それでも吐きだすことなく、ゆっくりと呑みこんでいく。熱い肉竿に唇を密着させて、ずずっ、ずずっ、と少しずつ迎え入れる。尿道口からカウパー汁が舌の上に滴《したた》り落ちるが、倉澤のものだと思うと気にならなかった。

「おお、温かくて気持ちいいよ」

そうやって喜んでくれるから、紗和はますますペニスを奥まで咥えたくなる。

「ンっ……ンっ……」

座椅子で胡座をかいた倉澤の股間に顔を埋め、男臭いペニスを半分ほどまで頬張った。倉澤が気持ちよさそうに呻くので、無理をしてさらに唇を滑らせる。やがて亀頭の先端が喉の奥に当たり、じんわりと涙が溢れてきた。

(すごく大きい……お口のなかがいっぱいだわ)

ペニスの大きさは男らしさの象徴のような気がする。女の身体にはない力強さが伝わってくるのだ。

こうして唇で硬さを感じていると、うっとりとするような気分になるのは一度抱かれているからだろうか。この男根がもたらす快感を知っているからこそ、心が蕩けそうになるのかもしれない。

「紗和さんにフェラしてもらえるとは思わなかったな」

倉澤の手が紗和の身体に伸びてくる。着物の背中をくすぐりながら、帯をいじりはじめた。

「うンンっ……な、なにを？」

「いいから、そのまま つづけるんだ」

男根から口を離すと、すかさず倉澤が命じてくる。紗和は言われるままに、再び亀頭に唇を滑らせた。

「こんなこともあろうかと思って、着付けのできる知り合いに解き方を習っておいたんだ。着物を汚すといけないだろう？」

その言葉通り、倉澤は器用に着物の帯を解いていく。どうやら本当に教わってきたらしい。素人ではこう簡単にいくはずがなかった。

（わざわざ習ってくるなんて……）

最初からこういうことをするつもりで訪れたのだろう。だが、倉澤の熱い気持ちが伝わってくるので、軽く扱われているような気はしなかった。

フェラチオをしている間に着物を肩から抜かれて、身に纏っているのは白い長襦袢《ながじゅばん》と足袋だけになる。そして四つん這いの姿勢をとらされ、気づくと犬が餌を食べるように男根をしゃぶっていた。

「ンンっ……ンむぅっ」

羞恥の呻きを漏らすが、ペニスを吐きだすようなことはしない。太くて硬い肉竿を、唇でぴっちりと締めつけた。

(ああ、こんな格好で……いやらしいわ)

はしたないと思うほどに、下腹部に熱がひろがっていく。異様な興奮が湧きあがるなか、紗和はなおのことフェラチオに没頭していった。

「いいぞ。舌も使ってごらん」

倉澤の声に合わせて、口内の肉塊に舌を這わせる。すると舌腹にカウパー汁の苦味を感じ、思わず眉間に縦皺を刻みこんだ。

「ンううっ……」

「苦しいかい？　でも、それがだんだんよくなるんだよ」

そんなはずはないと思ったが、なぜか下腹部の火照りは増している。男根を唇と舌で愛《め》でることで、熟れた肉体が反応しているのは間違いなかった。

倉澤の手が長襦袢の背中を撫でている。十本の指先で、背筋をツツーッとなぞっているのだ。その触れるか触れないかの繊細な手つきが、ゾクッとするような快感を生みだしていた。

「ンっ……はンンっ」

「熱くなってきたんじゃないか？　これも脱がしてあげるよ」

倉澤は伊達《だて》締めを手早く解くと、長襦袢まで脱がしにかかる。さすがに紗和も焦って抗うが、結いあげた髪をそっと押さえられた。

「口を離すんじゃない。咥えたままでいるんだ」

渋みのある低い声が、まるで媚薬のように頭のなかに響き渡った。

(どうして、逆らえないの？)

こんなことをされても言いなりになってしまうのは、融資をしてもらった恩義だけではなく、逞しいペニスに惹かれはじめているからかもしれない。

そう思ってしまうほど、倉澤の男根は雄々しくそそり勃《た》っていた。これほど立派なペニスを目の当たりにすれば、すべての女性がかしずくのではないか。それほどの威容を誇っていた。

ついに長襦袢も脱がされて、染みひとつない素肌が露わになる。これで紗和が身に着けているのは、白い足袋だけになってしまった。

「綺麗だ。それに、すごくそそるよ」

「や……ンンっ」

紗和は男根を口に含んだまま羞恥に身悶えた。

だが、足袋だけを穿いた悩ましい女豹《めひょう》のポーズなのだ。尻を振るような格好になって、余計に倉澤の目を悦《よろこ》ばせる結果となってしまう。

(恥ずかしい、こんなこと……)

紗和は思わず身をすくめて、唇で男根を締めあげた。

黒髪はきっちりと結ってあるので、後れ毛が垂れかかるうなじから背中への滑らかなラインが剝きだしになっている。量感のある乳房が揺れており、脂を乗せたヒップがむっちりと突きだされていた。

「いやらしい格好だね。いつもの淑《しと》やかな若女将とは思えないよ」

倉澤が辱《はずかし》めるような言葉をかけてくる。そして男根をしゃぶらせたまま、背中や脇腹を卑猥な手つきで撫でまわしてきた。

「ンあっ……ダメ……ンぅっ」

くすぐったさと快感は紙一重だ。反射的に背筋が反り返り、結果としてヒップを高く掲げることになってしまう。すると倉澤の右手が背筋を辿りながら、ゆっくりとさがってきた。

「そんなにお尻を突きだして、触ってほしいのか？」

尾骨を指先で撫でまわしたと思えば、臀裂を指先でスッと掃いてくる。そうやって微妙な刺激を与えた直後に、今度は尻たぶをギュウッと握り締めてくるのだ。

「ンううっ……」

少しずつ性感を掘り起こされていくような気がする。全身が熱くなり、股間がクチュッと鳴るのがわかった。

（やだ、わたし……ああ、おかしくなりそう）

気づいたときには頭のなかにピンク色の靄が立ち籠《こ》めていた。

思考がぐんにゃりと歪み、卑猥なことしか考えられなくなってくる。こうして夫以外の男根を咥えていることさえ、興奮を煽る材料となっていた。

本来なら若女将として忙しく働いている時間帯だ。女将や仲居たちがいるので業務にさほど支障はないと思うが、罪悪感は膨らんでいく。仕事を放棄してフェラチオするなど、絶対にあってはならないことだった。

「首を振るんだ。咥えてるだけじゃダメだよ」

倉澤が尻たぶを揉みしだきながら命じてくる。紗和はもうすべてを忘れようと、唇を締めつけたまま首を前後に振りはじめた。

「ンうっ……はンっ……ンンっ」

自然と呻き声が漏れて、乳房がタプタプ揺れる。全身の皮膚がねっとりと汗ばみ、股間の奥がさらなる熱を帯びていく。

「いいぞ……紗和さん、もっと吸ってくれ」

倉澤の声に変化が現れる。射精感が湧きあがってきたのか、先端から生臭い汁が溢れてきた。

倉澤が感じている。そう思うことで、紗和の興奮も跳ねあがった。

首の振り方を激しくして、唇で太幹をしごきあげる。太い枯れ枝のようにゴツゴツしたペニスを唾液まみれにしながら、さらなる快感を送りこんだ。

「紗和さんのフェラは最高だよ……くぅうっ」

あの冷静沈着な倉澤が呻いている。紗和はここぞとばかりに、頬を窪《くぼ》ませて男根を吸いあげた。

「ンむううっ……」

「くおっ……こ、これは……」

尻たぶに倉澤の指が食いこんでくる。口内の男根がさらにひとまわり大きくなり、先走り液のとろみが増してきた。

「出そうだっ……紗和さん、全部飲んでくれっ」

苦しげな声が聞こえてくる。胡座をかいた下肢に小刻みな震えが走った。

紗和はわけがわからないまま、溢れそうになる唾液をジュルルッと啜《すす》りあげ、巨大なペニスを思いきり吸引した。

「うおっ、す、すごいっ……ううッ、ぬおおおおッ!」

倉澤が低い唸り声を放ち、口内の男根が激しく跳ねまわる。ペニスの先端から灼《しゃく》熱《ねっ》の粘液が間歇泉《かんけつせん》のように噴きあがり、喉の奥を二度三度と直撃した。

「うむううううッ!」

紗和のギュッと閉じた瞳から大粒の涙が溢れだす。喉を叩かれる衝撃と強烈な生臭さに苦しくなった。しかも量が驚くほど多く、男根を深く咥えこんだまま肩をすくませた。

(やだ、こんなにたくさん……)

小さく首を振るが、両手で頭を摑まれて逃げられなくなった。

男の欲望を口で受けとめるのは初めての経験だ。夫にもフェラチオはしたことがあるが口内射精の経験はなかった。しかも全裸に足袋だけという卑猥すぎる格好だ。激しい羞恥が全身を燃えあがらせていた。

(こんなこと……孝志さんにも……)

背徳感が胸を締めつける。しかし、夫のことを思うほどに、子宮が熱くなって股間が潤むのがわかった。

「全部飲むんだ。紗和さんのためにたくさん出したんだよ」

倉澤に命じられると、従わなければならないような気がしてしまう。紗和はペニスを咥えた状態で、口内に溜まっている精液を飲みくだしにかかった。

「ングっ……ングっ」

喉に絡みつく粘液を、唾液で懸命に流しこむ。生臭さが胃のなかにもひろがるが、それでも頰を涙で濡らしながら大量のザーメンを嚥下していった。

「すごく気持ちよかったよ」

ようやく男根を吐きだすことを許される。倉澤の手を借りて身体を起こすと、足袋だけを穿いた姿で正座をした。

「はぁ……」

思わず精液臭い溜め息が溢れだす。頭が朦朧《もうろう》としており、なにも考えることができなくなっていた。

飲みきれなかった精液が唇の端から滴り落ちて、乳房の谷間にねっとりとした白い筋を作っていく。まるで渓谷に流れる清らかな川のようだった。

3

「身体を綺麗にしたほうがいいだろう」

倉澤の提案で、離れの客室についている専用露天風呂に入ることになった。

確かにこのままでは仕事に戻れない。紗和は飲精の影響でぼうっとしながら足袋を脱いで全裸になった。

障子とガラス戸を開けると、そこが専用露天風呂になっている。離れの和室の裏手に位置しており、木製のテラスに檜《ひのき》の露天風呂がしつらえてあるのだ。周囲は竹垣で目隠しされて、完全なプライベート空間となっていた。

まだ日は完全に暮れておらず、西の空が茜《あかね》色に染まっている。情緒の感じられる光景だが、紗和の心のなかは羞恥でいっぱいだった。

「流してあげるよ」

全裸になって先にテラスに出た倉澤がやさしく手招きする。紗和は胸と股間を手で覆い隠しながら、楚々とした仕草で夕日に染まった空の下へと踏み出した。

春間近とはいえ、信州の空気はまだまだ冷たかった。

倉澤にうながされて、湯船の手前にある木製の風呂椅子に腰をおろす。木の冷たさをヒップで感じ、思わずぶるっと震えあがった。

「冷えるね。ちょっと待ってて」

倉澤が木の桶《おけ》で湯を掬うと、そっと肩にかけてくれた。

「はぅっ……」

思わずため息が漏れるほど心地いい。何度もやさしく湯をかけられて、すぐに身体が火照りだす。湯が玉となり、肌の上をころころと転がり落ちていく。胸の谷間や手で覆った股間にも、温かい湯がたっぷりと流れこんだ。

白い湯気がひろがり、夕空へと昇っていく。

倉澤は自分の体にも湯をザブザブと浴びせかけて温まると、ボディソープをたっぷり手にとって泡立てはじめた。

「僕が洗ってあげる」

正面から迫られて、紗和は目のやり場に困ってしまう。倉澤の股間には、野太い男根がそそり勃っているのだ。

(出したばっかりなのに……)

射精直後にもかかわらず、まったく萎《な》える様子がない。その精力の強さに恐れおののきながら、同時に頼もしさも感じていた。

しかし、男の人といっしょに風呂に入るのは初めてだ。夫とすら経験がないのに、身体を洗われるなど考えられないことだった。

「じ、自分でできますから……」

思わず背中を丸めて頬を染める。すると、倉澤はすぐ目の前にしゃがみこんで微笑みかけてきた。

「遠慮しないでいいよ。フェラチオのお礼だから」

「ンっ……」

泡だらけの手で両肩に触れられて、やさしくヌルリと包みこまれる。思わず全身の筋肉を硬直させると、内腿を強く擦り合わせた。右手で胸を、左手で股間を覆い隠し、なおさら顔をうつむかせていった。

「そんなに力まないで。ほら、リラックスしないと」

倉澤は反応を見るように顔を覗きこみながら、手のひらをゆっくりと二の腕に滑らせていく。シャボンを利用して、卑猥にヌルヌルと紗和の身体を撫でまわしてきた。

「あ、あの本当に自分で……ンンっ」

「いいから、僕にまかせてくれないか」

肩から二の腕を泡まみれにするとボディソープを追加して、今度は鎖骨の周辺に指先を伸ばしてくる。さらに顎の下をくすぐられると、蠢く指先から逃れるように自然と顔があがりはじめた。

右腕で覆った乳房にも指先が這いまわる。やさしく泡を塗りつけながら、柔肌の上を滑っていくのだ。

「ウンンっ……」

「声が出てきたね。どうしたんだい？」

倉澤は首筋をそっと刺激しつつ、低い声で尋ねてくる。唇の端にはさも楽しそうな薄笑いが浮かんでいた。

「く、くすぐったいだけです」

紗和は羞恥に目もとを染めあげると、震える声でささやかな抗議をする。だが、倉澤の指は繊細に動きつづけて、腕で隠しきれない胸の谷間を撫でまわしてきた。

「あ、そこは……はンンっ」

泡まみれの指をヌルーッと胸の谷間に押しこまれる。首筋からも泡が流れてきて、胸もとは妖しい光を放ちはじめていた。

「隠してたら洗えないだろう。手をどけるんだ」

倉澤が手首を摑んで引き剝がそうとする。男の腕力に敵うはずもなく、あっけなく乳房が剝きだしにされてしまった。

「ああっ、待ってください」

屋外で裸体を晒《さら》す羞恥が、心までもすくませる。周囲は竹垣で目隠ししてあるとはいえ、空を見あげれば茜色に染まった雲が漂っているのだ。

シャボンに包まれた乳房が、冷たい外気に撫でられる。白い泡のなかから、ピンク色の乳首がちらりと先端を覗かせていた。

（どうして、こんなことを……）

ふと意識が現実に引き戻される。

温泉宿の若女将が宿泊客と露天風呂に入るなど、常識では到底考えられない。しかも、人妻の身でありながら、夫以外の男にボディソープを塗りたくられて身悶えているのだ。冷静になって考えると、あまりにも危険な行為だった。

万が一、こんなことが世間に知られたら藤島屋の存続は危うくなるだろう。信用は地に堕《お》ちて、客足が遠退くのは目に見えていた。

「せめて……お部屋で……」

「外だから心配になったのか？　少しくらい声をあげても大丈夫だ。ここは簡単には覗けない作りじゃないか」

倉澤はこの状況を楽しんでいるらしい。まったく動じる様子もなく、左右の手のひらを乳房に乗せてきた。

確かに外からは見えないプライベート空間が売りとなっているが、さすがに大きな声をあげるのは危険だった。しかし、一番の問題は、倉澤の行為を拒絶できない紗和自身の心にあるような気がした。

「あ……いやっ」

乳首がそっと押されて、それだけで甘美な刺激が波紋のようにひろがっていく。思わず顔を背けると、手のひらがゆっくりと円を描くように動きはじめた。

「綺麗にしてあげよう。隠すんじゃないぞ」

泡が塗りたくられているので動きはスムーズだ。豊満な乳房をヌルヌルとやさしくマッサージされて、膨らみの頂点を手のひらで甘く摩擦される。乳首は恥ずかしいほどに尖り勃ち、さらに感度がアップしていった。

「ンっ……や……ンンっ」

「今日はずいぶん敏感なんだな」

「そ……そんなことは……」

羞恥に染まった顔をうつむかせる。両手は恥丘の陰毛を隠すように置いて、肩をすくませていた。

結いあげた髪からうなじに垂れている後れ毛が、冷たい風に吹かれて微かに揺れている。わずかな空気の流れさえ、過敏になった身体には愛撫になってしまう。倉澤の手のひらは、乳房の丸みを確認するようにやさしく蠢いていた。

「うぅっ……」

小さな呻き声が溢れだし、紗和は慌てて竹垣のほうを見やった。

「そんなに気になるのか？」

倉澤はそう言いながらも手の動きを休めることはない。泡だらけの乳房を下から掬いあげるようにしては、ヌルリと全体を撫でまわしていく。

「はンンっ……」

「いい声が出てるじゃないか」

「これ以上は……もし、誰かに見られたりしたら……ンンっ」

言った直後に勃起した乳首を擦られて、風呂椅子の上で内股になった身体がヒクッと反応してしまう。恥ずかしくてならないが、電流のように駆け抜ける快感を否定することはできなかった。

「やっぱり、ずいぶんと感じてるみたいだな」

「そんなことは……ンぅっ」

人に知られるのが恐ろしくて、下唇を小さく噛み締める。だが、そんな焦りとは裏腹に、なぜか感度はアップしていく一方だった。

（どうしてなの？　こんなに恥ずかしいのに……）

もしかしたら、先ほどのフェラチオが関係しているのかもしれない。雄々しい男根に触れたことで、目も眩むような快感を与えられた先日の記憶がよみがえっていた。

「お願いです……本当に見られてしまいます」

こんなことをつづけられたら、いつか取り返しのつかないことになりそうで恐ろしい。だからといって、なぜか立ちあがって逃げようとは思わなかった。

「誰かに見られると思うと興奮するんだろう」

倉澤が見抜いたとばかりに、手のひらで乳首を転がしてくる。泡のヌルヌル感がたまらず、紗和は風呂椅子に乗せたヒップをもじつかせた。

「や……ンぁっ、いやです……」

「そんなこと言っても、乳首はピンピンに尖ってきてるな」

十本の指先で双《ふた》つの突起をキュッと摘みあげられる。途端に快感電流が四肢の先まで波及して、顎が大きく跳ねあがった。

そ

を、怖いく

のは成熟した肉体がこ

「あンンっ……」

思わず小さな喘ぎ声が溢れだす。感じてはいけないと思っても、成熟した肉体がこの快感を無視できるはずがない。乳首は今にも血を噴きそうなほど膨らんで、怖いくらい敏感になっていた。

すると倉澤はいったん立ちあがって紗和の背後に移動する。そしてボディソープをたっぷり手のひらに取り、今度は背中一面に塗りたくってきた。

「も、もう……倉澤さん」

抗議しようとした声は無視されて、泡にまみれた背中に胸板が押しつけられる。体温が伝わってくると同時に、いやらしく滑る感触に思わず溜め息をついていた。

「はああンっ……もう、ダメです」

「なにがダメなのかな？　こんなに感じてるじゃないか」

耳もとで囁かれたと思ったら、腋《わき》の下から両手を入れられる。背後から乳房をねっとりと揉みしだかれて、乳首をクニクニと指先で転がされた。

「ンンっ……いや……」

「いつも凜《りん》としている若女将がこんなに甘い声で啼《な》くと知ったら、旅館のみなさんは驚くだろうね」

倉澤はわざと意地の悪いことを言いながら、身体中を執拗にまさぐってくる。ボデイソープを塗りつけるように手のひらが腹部で円を描き、脇腹をスーッとくすぐるように撫であげるのだ。

「はンンっ……」

「肌がスベスベで触ってるほうもすごく気持ちいいよ」

耳孔に息を吹きこまれ、ゾクッとするような感覚が突き抜ける。さらに倉澤の大きな手が下半身へと移動して、太腿の外側をねちねちと撫でまわしてきた。

「も、もう……あンっ、許してください」

股間の翳《かげ》りを両手で覆い隠し、内腿を擦り合わせて身を捩る。小声で訴えるが、倉澤はまるで聞く耳を持たない。それどころか両膝に手をかけられて、がっしりと掴まれてしまう。

「あ……な、なにを？」

嫌な予感がして振り返ると、そこには満面にいやらしい笑みを浮かべた倉澤の顔があった。

「もうなにをされても感じるだろう。あそこを濡らしてるんじゃないのか？」

「そ、そんなことは……」

「じゃあ、確かめてやろう。濡れてなかったらこれで終わりにする。でも、もし濡れてたら、僕の好きにさせてもらうよ」

膝にかけられた手に力がこめられる。風呂椅子に腰掛けた状態で、膝をゆっくりと左右に開かれていくのだ。

「やっ……いやです、やめてくださいっ」

懸命に力をこめるがどうにもならない。膝を鷲掴みにされて、少しずつ開脚させられていく。立ちあがろうとするが背中には男の胸板が密着しており、押さえつけられているような格好だった。

紗和は為《な》す術《すべ》もなく下肢を割られて、陰毛が生い茂る恥丘から淫裂にかけてを手のひらで隠した。それが唯一できる抵抗だったが、その手さえも簡単に引き剝がされてしまった。

「は、離してください……」

背後から脚を開かされているので、倉澤に股間を覗かれることはない。それでも屋外で開脚させられる羞恥は強烈だ。いつの間にか日が落ちて、辺りは薄暗くなっている。だが、部屋から漏れる明かりが二人の姿を照らしだしていた。

「若女将なのに外でこんなに脚を開いて、恥ずかしくないのか？」

倉澤は両手を内腿の付け根にあてがい、指先を淫裂に触れさせてくる。その途端、紗和の身体に震えが走った。

「あぅっ……や……そこは……」

もちろん、抗議の声が聞き入れられるはずもなく、まずは陰唇の縁《ふち》を左右からそっと撫であげられた。

「あっ……だ、ダメです……あンンっ」

これまでの愛撫とは異なる直接的な刺激が突き抜ける。軽く触れられただけで、微弱電流のような快感が頭の芯を痺れさせた。

手で股間をガードしようとすると、軽く払いのけられてしまう。それならばと、倉澤の左右の手首を握って引き剝がそうとする。だが、所詮《しょせん》女の力ではどうすることもできなかった。

「ん？　指に汁がついたぞ。紗和さん、これはなんだろうね」

「し、知りません……」

紗和は羞恥に目もとを染めて顔を背ける。だが、愛蜜が溢れだしていることは否定できなかった。

じつは薄々気づいていた。身体を泡まみれにされ、ヌルヌルと撫でまわされたことでいやらしい蜜が分泌されていたのだ。倉澤の指が芋虫のように蠢くたび、ボディソープとは異なるヌメリが妖しい快感を生みだしていた。

「ほうら、こうして割れ目の縁をなぞると感じるだろう？」

「ンンっ……そんなこと……」

紗和は顔を真っ赤にして左右に振りたくる。しかし、媚肉はあからさまに反応して、新たな蜜をとめどなく溢れさせていた。

「また濡れてきたな。ほら、いやらしい音が聞こえるだろう」

倉澤が指を動かすたび、クチュクチュッと湿った音が露天風呂に響き渡る。竹垣の向こうまで聞こえるのではないかと気が気でなかった。

「も、もう……仕事に戻らないと……」

「大丈夫だよ。じつは女将には僕のほうから頼んである。紗和さんにお酌をしてもらいたいとね。だから慌てて戻る必要はないんだよ」

「そんな……」

完全に倉澤のペースに乗せられていた。

このままでは激しく乱れてしまいそうで恐ろしい。なんとかして逃げだしたいが、股間を嬲《なぶ》る指の動きは加速する一方だった。

「ひどいです、こんなこと……あンっ、ねえ、倉澤さん」

紗和がたまりかねて抗議すると、それをきっかけに陰唇をなぞっていた指先が核心部分に触れてきた。割れ目の上端にある敏感な器官、クリトリスを指先で捏ねまわしてきたのだ。

「あうう ッ……」

ひときわ大きな喘ぎ声が溢れだし、星が瞬きはじめた夜空に溶けていく。

剝きだしの神経に直接触れられたような快感だった。指先で愛蜜を掬いあげて、肉芽にたっぷりと塗りつけられる。包皮を剝かれて敏感な芯を剝きだしにされ、指の腹でヌメヌメと転がされた。

「あっ……あっ……そこはダメですっ」

クリトリスは瞬く間に勃起して、さらに感度がアップする。充血して硬くなった肉豆を指先で摘まれるとヌルリと滑り、ヒップが風呂椅子から跳ねあがるような快感がひろがった。

「あンンっ、どうして、こんなに……」

「紗和さんはこうやって苛《いじ》められるのが好きなんだよ」

倉澤が背後から胸板を押しつけて、ボディソープにまみれた背中をヌルーッと擦りあげてくる。そうしながら、いきなり耳たぶを口に含んできた。

「あンっ、いや……あっ……ああっ」

もちろん、そうしている間もクリトリスを転がされている。さらに片方の手は、再び乳房をねっとりと揉みしだいてきた。

「身体が熱くなってるね。感じてきてる証拠だよ」

「そんな……も、もう……」

「わかるよ、紗和さん。こうして外で嬲られて興奮してるんだね」

倉澤の低い声が耳孔に流れこんでくる。そして耳たぶを甘噛みされると同時に、勃起した肉芽と乳首を指先でギュウウッと押し潰された。

「ひっ、だ、ダメっ、それ……ああッ、ンあああああッ！」

強烈な快感をこれでもかと送りこまれて、ついに頭のなかが真っ白になった。

背筋がビクンッと反り返り、目の前で火花が飛び散る。倉澤のねちっこい愛撫の前に、呆気《あっけ》なく絶頂に昇りつめてしまったのだ。

（露天風呂なのに……声が……）

懸命に抑えたつもりだが、どうしても声が漏れてしまう。イクときの声を誰かに聞かれていないか心配でならなかった。

4

（わたし、なにやってるのかしら……）

紗和は檜の湯船に浸かり、ぼんやりとそんなことを考えていた。

隣を見やると、倉澤が気持ちよさそうに夜空を仰ぎ見ている。夫ともいっしょに風呂に入ったことなどないのに、なぜか倉澤と肩を触れ合わせて露天風呂に浸かっているのだ。しかも、嫌悪感がまったくないのが問題だった。

ボディソープまみれにされての愛撫でアクメに追いやられたあと、倉澤は身体を丁寧に流してくれた。

散々責められた直後にやさしくされると、余計に心が揺れてしまう。

「やっぱり露天風呂は気持ちいいなぁ」

倉澤はひとりごとをつぶやくと、両手で湯を掬って顔を流した。

そんな彼のリラックスした姿を目の当たりにして、紗和も思わずほっと胸を撫でおろす。先ほどまでの倉澤は少し意地悪だった。いつもの冷静さを取り戻してくれたのだと安心していた。

しかし、ふいにこちらを向いた倉澤の目が妖しい光を放った。普段の紳士的な彼とはなにかが違うような気がした。

「身体が温まってきたところで、そろそろつづきをはじめようか」

「え……つづき、って？」

「まずはそこに座るんだ」

肩を抱くようにして無理やり立たされる。そして湯船の縁に腰掛けるように命じられた。口答えを許さない威圧感に押され、豊満なヒップを檜の縁に乗せあげる。乳房と股間を見られるのが恥ずかしいが、拒絶できる雰囲気ではなかった。

春を目前に控えているとはいえ、信州の夜はまだまだ冷える。ひんやりとした空気が、温泉で火照った身体を撫でていた。

「股を大きく開いて、足を湯船の縁に乗せてごらん」

「そんなこと……」

「紗和さんならできるはずだよ」

湯のなかで太腿を撫でられて、身体がヒクッと反応する。少し触られただけで、すぐに妖しい気分が盛りあがってしまう。官能を刺激されつづけているせいか、感度があがったままだった。

「やるんだ」

倉澤の低い声が耳孔に流れこんでくる。強い口調で言われると、なぜか逆らおうという気力が萎えていく。恥ずかしい格好を見られることを想像しただけで、下腹部がジーンと熱くなってくるのだ。

「言うとおりにすれば、気持ちいいことをしてあげるよ」

倉澤の言葉が魅力的に感じてしまう。今にして思うと、フェラチオしたときから肉体は昂ぶっていたのかもしれない。いけないことだとわかっていても、淫らな期待感が急激に膨らんでいた。

「もう一度だけ言うぞ。足を湯船の縁にあげるんだ」

倉澤の抑揚のない声が、鼓膜を小刻みに振動させる。

抗えなかった。融資をしてもらった恩義だけではない。女の快楽を教えられたことが多大な影響を及ぼしているのだろう。頭ごなしに命令されると、子宮をぐっと摑まれたような気持ちになり、身体に甘い痺れが走り抜けた。

（しないと……だって、倉澤さんにはお世話になってるから……）

紗和は自分に言いわけをすると、妖しい誘惑に身をまかせていく。

「ああ……」

涙目になって切なげな溜め息を漏らしながらも、右足を湯船の縁に乗せあげた。さらに両手を背後につき、左足も同じように持ちあげていく。これで下肢をM字型に開いた恥ずかしい格好になってしまった。

湯で濡れた乳房は室内からこぼれる明かりで濡れ光り、陰毛はワカメのようにべったりと恥丘に張りついていた。さらにその下では、サーモンピンクの陰唇も剝きだしになっているのだ。

（恥ずかしすぎるわ……）

羞恥のあまり頭がクラクラしてくるが、同時に被虐《ひぎゃく》的な興奮も湧きあがっていた。

「丸見えだよ。紗和さんの大切なところが」

倉澤はすぐ目の前で胸まで湯船に浸かり、粘りつくような視線を女の源泉に這いまわらせてくる。襞《ひだ》の一枚いちまいを舐めるように見つめてくるのだ。

「ああ……そんなに、見ないでください……」

紗和は眉を八の字に歪めて、下唇をキュッと噛み締めた。

顔が燃えあがったように熱くなる。見られていると思うだけで、膣襞が勝手に蠢きはじめていた。

夫にすら見せたことのないポーズを倉澤の前でとっている。黒髪はきっちりアップに纏めた状態で、全裸のM字開脚を披露しているのだ。

夫のことを思うと罪悪感に駆られてしまう。それでも脚を閉じることなく、秘めたる部分を剝きだしにしている。すべてを曝《さら》けだす羞恥が、陰唇から子宮までを甘く痺れさせていた。

「自分でしてるところが見たいな」

「……え？」

意味がわからずに聞き返す。すると、倉澤は唇の端に意地の悪そうな笑みを浮かべて見つめてきた。

「紗和さんが自分を慰めてるところが見たいんだ」

「そ、そんなこと……」

思わず絶句してしまう。いくらなんでも、そんな恥ずかしいことをできるはずがなかった。だが、倉澤は悪びれる様子もなく語りかけてくる。その一語一語から強引に従わせようとする雰囲気が感じられた。

「好きになった相手のことはすべて知りたい。これって自然なことだろう？　僕にはその権利があると思うんだ」

押しの強さに紗和はたじろいでしまう。倉澤に迫られると、どうしても逆らえなくなる。まるで魔法にかかったように、右手が股間に向かって伸びていく。

（わたし、なにを……こんなことといけないのに……）

胸のうちでつぶやきながらも、妖しい期待感が爆発寸前まで膨れあがっていた。

夫以外の男性に見られながらオナニーする。紗和の三十二年間の人生で、これほど刺激的なことがあっただろうか。指先が陰唇に触れる瞬間を想像しただけでも、いやらしい蜜がジュンッと滲みだしてきた。

手のひらで恥丘を覆うようにして、震える指先を剝きだしの割れ目におずおずと近づける。しかし、いざ触れるとなると躊躇してしまう。羞恥と罪悪感が絡み合い、白い内腿が小刻みに震えだしていた。

「ぐっしょり濡れてるじゃないか。本当は興奮してるんだろう？」

倉澤の言葉に押されて、中指をぴったりと陰唇に押し当てる。途端に甘美な痺れがひろがり、腰がピクッと小さく跳ねた。

「あぁっ……」

自分の唇から漏れた艶っぽい吐息にどきりとする。軽く触れただけなのに、感じていることを否定できない。見られながら自分の股間をまさぐり、新たな蜜を溢れさせているのだ。

「見ててあげるから指を動かすんだ。オナニーするところを見せてくれ」

「そんないやらしいこと……」

口では抗議しながらも、恐るおそる指をスライドさせる。すると鋭い快感が湧き起こり、股間から脳天に向かって背筋を駆けあがった。

「はああっ……」

一瞬にして視界が真っ赤に染まる。激烈な羞恥と興奮が駆け巡り、全身の血液が沸騰するようだった。

(や、やだ……こんなに濡れてるなんて)

紗和は割れ目に沿って、さらに指を上下させた。湯とは明らかに異なる愛蜜のぬめりが潤滑剤となり、クチュクチュと卑猥な音を響かせる。淫裂をひと擦りするごとに、鮮烈な快感が四肢の先まで痺れさせた。

「あ……あ……」

「若女将が露天風呂でオナニーするとはね」

倉澤が意地悪くからかいの言葉を浴びせかけてくる。自分で命じておきながら、わざと蔑《さげす》むような視線を向けてくるのだ。

「そんなに苛めないでください……」

「オナニーの手伝いをしてるだけさ。もう隠さなくてもわかってるよ。紗和さんは苛められると余計に興奮するんだろう？」

「ち、違います……はンンっ」

否定する先から艶めかしい声が漏れてしまう。なぜか指の動きをとめられず、右手の中指をゆっくりと上下させていた。

「なにが違うんだい？　指が動いてるじゃないか」

「いや……いやなのに……」

華蜜がとめどなく溢れて、肛門のほうにも伝い落ちていく。欲情の露《つゆ》が転がる様を、倉澤の視線が追いかけているのがわかった。

「ああン、そんなに見たらいやです」

紗和は眉間に悩ましい縦皺を刻みこんだ。

しかし、湯船に浸かっている倉澤は、さらに顔を股間に近づけてくる。自分の指で陰唇を刺激する様を、アップで見つめられているのだ。激しい羞恥に襲われながらも、膣口は愛蜜にまみれてトロトロになっていた。

（もう、おかしくなりそう……）

頭の芯が痺れたようになり、理性が麻痺しかかっている。

夫に対する罪悪感と倉澤に見られる羞恥、そして露天風呂でオナニーする興奮が次々とどす黒い快楽に変化していく。肉の愉悦は瞬く間に大きくなり、すべての思考を押し流そうとしていた。

「あふっ……」

指にまとわりつく愛蜜をクリトリスに塗りつける。すると、すでに硬くなっている肉芽が、さらにビンビンに尖り勃っていった。

「いや……こんなのって……ンううっ」

「そんなにいいのか？　イキたかったらイッてもいいんだぞ」

「無理です、そんなこと……」

しかし、身体は絶頂を求めて小刻みに痙攣《けいれん》している。指先でクリトリスを転がすたび、今にも昇り詰めそうな快感が湧き起こっていた。

（見られてるのに……わたし……）

ピンク色に染まった頭で、見られながらイクことを想像する。すると、なおのこと快感が大きくなり、背筋がググッと反り返った。

「ああっ……」

快感は膨らみつづけている。だが、自分の指では物足りない。紗和は焦れたように腰を捩らせると、潤んだ瞳で倉澤の顔をじっと見つめた。

「も、もう……許してください」

「指を挿《い》れてごらん。イクまでつづけるんだ」

倉澤はどこまでも非情だった。普段は紳士的なだけに、そのギャップが余計に恐ろしい印象を与えていた。

「指なんて……無理です……」

紗和は掠れた声でつぶやきながらも、淫らがましい行為を思い描いて息遣いを荒くする。これまで膣に自分の指を入れた経験は一度もなかった。

生唾を呑みこむと、右手の中指を膣口にあてがってみる。それだけで胸の鼓動が高鳴り、腰にぶるるっと痙攣が走り抜けた。

「あ……」

指先に少しずつ力を入れていく。クチュッと湿った音が響いて、快感と期待、それにほんのわずかの不安がひろがった。その直後、生温かい肉の狭間《はざま》にヌプッと指先が沈みこんだ。

「や、やっ……あンンっ」

第一関節まで入ってしまえば、あとは簡単だった。膣襞がざわめき、まるで吸いこまれるように中指が根元まで嵌りこんだ。

「こんなこと、わたし……ああっ」

敏感な粘膜を擦る感覚は強烈だった。

自分の指を性器に挿入している。しかも、その姿を見られて、紗和は明らかに気持ちを昂ぶらせていた。

「いきなりそんなに奥まで挿れるんだ。上品そうな顔をして大胆なんだね」

倉澤がまたしてもからかいの言葉をかけてくる。そして、指が嵌りこんだ膣口をじっと凝視してくるのだ。

「いやです……お願いですから……」

「もっと見てほしいんだね。それなら、もっと近くで見せてもらおうかな」

さらに顔を近づけられて、過敏になった陰唇にふぅっと息を吹きかけられる。たったそれだけで、ヒップが浮きあがりそうな刺激が突き抜けた。

「はうっ……だ、ダメです」

思わず身を捩ると、剝きだしの乳房がプルンッと揺れる。それと同時に膣が勝手に蠢いて、中指をギュウッと締めつけた。

「指を動かすんだ。ピストンしないと気持ちよくならないぞ」

「そんないやらしいこと……」

紗和は羞恥の炎に灼かれながらも、言われるままに指を動かしにかかる。ゆっくりと引き抜いては、じわじわと根元まで埋めこんでいく。それを繰り返すことで、快感が何倍にも膨れあがった。

「あっ……あっ……あっ……」

喘ぎ声がひっきりなしに溢れだす。夜空に星が煌《きら》めく露天風呂は、すっかり淫靡《いんび》な空気に包まれていた。

だが、絶頂に達することはできない。快感が高まると怖くなり、どうしても指の動きが鈍ってしまうのだ。とろ火で炙られるような状態が延々とつづき、焦燥感ばかりが募っていく。やるせない気分が紗和の身体に充満していた。

「ああっ、いや……もう無理です」

「なんだ、降参か？　若女将がオナニーでイクところを見たかったんだけどな」

倉澤は唇の端に薄笑いを浮かべると、湯をザーッと豪快に鳴らして立ちあがる。そして紗和の裸体を抱きかかえるようにして、湯船のなかに連れこんだ。

「そこに手をつくんだ」

有無を言わせない口調だった。

紗和はおずおずと背中を向けて、命じられるまま湯船の縁に両手をついた。立った状態で前屈みになっているので、必然的にヒップを後ろに突きだす格好になる。無防備な双臀に視線を感じ、無意識のうちに腰をくねらせた。

「そんなにお尻を振って、誘ってるのか?」

「違います……あンっ」

抗議する声は途中から甘ったるい呻きに変わってしまう。剝きだしの尻たぶを倉澤に摑まれたのだ。

「いやです、倉澤さん……なにを……ンンっ」

むっちりした尻肉をいやらしく撫でまわされて、さらには指を食いこませるように揉みしだかれる。まるで餅でも捏ねるように、執拗にむぎゅむぎゅと嬲られた。

「そろそろ欲しいだろう?」

倉澤の囁く声が聞こえた直後、臀裂を割るように開かれる。そして硬いモノが背後から陰唇に押しつけられた。

「ひっ……ま、待ってください……せめて、お部屋で……」

尻肉に震えを走らせながら振り返る。すると、そこには明らかに欲情した倉澤の顔があった。

「立ちバックは初めてかい? ゆっくり挿れるから大丈夫だよ」

巨大な亀頭が陰唇を押し開き、ずっぷりと埋めこまれてくる。尻肉をがっしりと摑まれて、じりじりと長大な男根で串刺しにされていく。

「あううっ……」

喘ぎとも呻きともつかない声が溢れだす。指とは比べ物にならない太さで、膣襞が驚いたようにざわめきはじめた。

「や……ダメ……ダメです」

「でも、紗和さんのなかは、嬉しそうに締めつけてくるよ」

「う、ウソです……ンっ、挿れないで……」

太幹を押しこまれるほどに、なかに溜まっていた華蜜がブチュッと下品な音を立てて溢れだす。露天風呂のなかで立ったまま挿入される感覚は強烈で、剛根が埋没するたび背筋が少しずつ反り返る。脚が小刻みに震えて湯船に波紋がひろがった。

「くぅぅっ……まだ、まだあるのですか？」

「あとちょっとで全部入るよ」

「ああっ……苦しっ……」

湯船の縁を強く摑み、掠れた声でつぶやいた。

ついに根元まで挿入されて、倉澤の腰がヒップにぴったりと押しつけられる。ペニスは相変わらず巨大で、全部を埋めこまれると息苦しさを覚えるほどだった。

「すごい締めつけだ。そんなに欲しかったのかい？」

倉澤が囁きかけてくるが、答える余裕などあるはずがない。逞しい男根で貫かれる快感に、ただ歓喜の呻き声を漏らすことしかできなかった。

くびれた腰を掴まれて、巨根がスローペースで引き抜かれる。鋭角的に張りだしたカリが、濡れそぼった膣壁を削り取るように擦りあげていた。

「あっ……っ、強すぎます」

そして、亀頭が抜け落ちる寸前でいったん静止すると、再びじわじわと押しこまれてくる。焦れるほど時間をかけて、根元まで挿入されるのだ。最後にズンッと腰を打ちつけられると、亀頭が子宮口にまで到達して強烈な快感がひろがった。

「あうっ、そんなに奥まで……」

「奥が好きなんだよな。ほら、こうするとどうだい」

倉澤は股間をヒップに密着させたまま、〝の〟の字を描くように腰を大きく回転させる。すると、紗和のなかを埋めつくしているペニスが、膣道全体を攪拌《かくはん》するように蠢いた。

「やっ……ンンっ……ああっ、そんなにされたら……」

オナニーを強要された上に、結局立ちバックで挿入されている。しかも野外の露天風呂という場所が、余計に羞恥心を煽りたてていた。

（もし、こんな姿を誰かに見られたら……）

そう思うと、不安な気持ちになってしまう。

だが、倉澤のペニスは激しく勃起して、紗和の中心部を貫いていた。女として見られていることに悦びを感じ、もっと動いてほしくなる。だが、言葉にするのはさすがに憚《はばか》られて、遠慮がちに腰をくねらせた。

「おねだりか。若女将が露天風呂でお尻を振るとはな」

倉澤は呆れたように言うと、尻たぶに軽く平手を打ちおろす。ピシャッという肉打ちの音が、星が瞬く夜空に響き渡った。

「ひっ……い、痛いです」

ごく軽いとはいえ、尻に平手打ちをされるのなど初めての経験だ。紗和はいやいやと首を振り、後ろに突きだした双臀を右に左に揺らめかせた。

「バックで犯されながら、尻をぶたれる気分はどうだ？」

倉澤は尻たぶをペチペチと叩き、同時に腰を振って男根を抽送する。膣襞を摩擦しつつ、ヒップを執拗に打擲《ちょうちゃく》するのだ。

「あっ、や……ああっ、いやです」

紗和は艶めかしい声をあげながら尻をくねらせる。軽く叩かれているだけなので、実際の痛みはそれほどでもない。だが、こうやって虐《しいた》げられることにマゾヒスティックな興奮を覚えていた。

「おっ、締まってきたぞ。興奮してきたんだな」

倉澤は腰をしっかり掴み直すと、本格的なピストン運動を開始する。力強く男根を抜き差しして、媚肉をこれでもかと抉りたててきた。

「そんな、強いです……ああっ」

こうなると喘ぎ声を抑えることができない。男根を穿ちこまれるたびに顎が跳ねあがり、剝きだしの乳房が大きく揺れる。腰振りの動きに合わせて湯がザブザブと波打ち、湯船から大量にこぼれていた。

「こんなに激しくされたら、わたし、もう……はああッ」

「この締まり具合……くぅっ、紗和さんっ」

倉澤も苦しげな声を漏らして、ラストスパートの杭打ちに突入する。背中に覆い被さり、乳房を揉みくちゃにしながら腰を力いっぱい打ちつけてきた。

「は、激しすぎますっ……あッ……ああッ」

紗和は歓喜の涙さえ流しながらよがり啼く。散々嬲られ尽くして、完全に理性のタガが外れている。凄まじい快感に裸体を震わせて、押し寄せてくるアクメの高波に身をまかせた。

「も、もうっ……あああッ、もうダメですっ」

「ううっ、紗和さんっ、僕といっしょにイクんだっ……くおおおおッ！」

根元まで押しこまれた男根が、まるで爆《は》ぜたように激しく脈動する。勢いよく噴きだした白い粘液が子宮口を直撃して、気がおかしくなりそうな快感を生みだした。

「い、いいっ、ああッ、か、感じるっ、もうイキそうっ、あああッ、イクっ、イクっ、イッちゃううッ！」

絶頂を告げる声が露天風呂に響き渡る。紗和は唇の端から涎《よだれ》を垂らし、快楽に溺れて腰を振りたてた。

「紗和さんっ……紗和さんっ」

倉澤は何度も名前を呼びながら、いつまでも腰を振りつづける。大量の精液を注ぎながら、さも愛おしそうに乳房を揉みしだいてくるのだ。

倉澤の全身から熱い想いが伝わってくる。どんなに激しく抱かれても、彼の根底に流れているのはまぎれもない愛情だった。

（ああ……わたし、どうしたらいいの？）

本気だとわかるからこそ困惑してしまう。野太い男根を締めつけ、激しい絶頂の余韻を味わいながら、頭の片隅では夫の顔を思い浮かべていた。

第四章　背徳の湯けむり

1

離れの和室で倉澤に抱かれた翌日――。

紗和が外出先から戻ったのは深夜十二時近くだった。

事務所で待っていた女将が、大露天風呂に入ることを勧めてくれた。

大浴場の利用時間は早朝六時から深夜十二時までとなっている。その後、清掃が入ることになっていた。本来、従業員は使用できない規則だが、疲れている紗和を見かねて女将が特別に許可してくれたのだ。

紗和は義母の言葉に甘えることにした。

夫が失踪してもうすぐ二年が経とうとしている。ここのところ心身ともに疲労が蓄積していた。

清掃が終わるのを待って大浴場に入った。脱衣所の入り口には〝本日のご利用時間は終了しました〟と書かれた立て看板を出してある。だから、貸し切り状態でゆっくり身体を洗うことができた。

結いあげている髪もほどいてシャンプーすると、白いタオルを頭に巻いて大露天風呂に向かった。

大きな岩を組み合わせて造られた湯船で、豊富な湯量を誇る源泉掛け流しの温泉を楽しむことができる。周囲は林に囲まれており、天を仰げば無数の星が幻想的に瞬いていた。

「はぁ……」

肩まで湯に浸かると、うっとりした気分になる。外気温が低いので、なおのこと温泉が心地よく感じられた。

内風呂の明かりが、ぼんやりと露天風呂を照らしている。雰囲気を大切にするために、あえて外灯は設置されていなかった。だから、湯の表面には夜空の星が映りこんでいる。これも大露天風呂の楽しみのひとつだった。

(孝志さん、見つかればいいけど……)

紗和は湯を手で掬《すく》っては落としながら、失踪中の夫の顔を思い浮かべた。

じつは先ほどまで興信所にいたのだ。

悩んだ末に女将に相談して、夕飯時が過ぎると早めにあがらせてもらった。そしてタクシーで興信所に向かい、夫の行方を捜してもらうように依頼した。

——もう少しだけ待ってほしい。

夫からときおり届く手紙には決まってそう書いてあった。紗和はその言葉だけを心の支えにして、今日までがんばってきた。

毎晩仕事が終わると、手紙が届いていることを祈りながら帰宅する。だが、実際に便りがあるのは二、三ヵ月に一度だけだった。それでも、いつか夫が自分の意志で戻ってきてくれると信じていた。

それに捜すのならば人に頼りたくないという気持ちもあった。若女将の仕事は多忙を極めるが、いざとなったら睡眠時間を削って捜し歩く覚悟もしていた。だから、今まで警察に捜索願を出すことなく、興信所にも行かなかったのだ。

しかし、もう限界だった。

倉澤と和樹——二人の男に抱かれたことで混乱していた。しかも夫とのセックスでは体験したことのない絶頂に導かれてしまった。罪悪感に苦しみ、心のなかで数え切れないほど謝罪した。

だが、淋しさを忘れさせてくれる快楽にのめり込んだのは事実だ。

迫られると断りきれず、関係がエスカレートしてしまいそうだった。そんな危機感を抱いたから、慌てて興信所に駆けこんだのだ。これ以上、過ちを重ねるわけにはいかなかった。

（愛しているのは、孝志さんだけなのに……）

紗和は湯のなかに伸ばしたつま先を、淋しげな瞳で見つめていた。

自分の気持ちは夫だけに向いていると信じたい。一刻も早く帰ってきて、やさしく抱き締めてほしかった。

だが、そんな思いとは裏腹に、なぜか肉体は妖しく火照っている。温泉に浸かっているからではなく、消えることのない官能の炎が身体の内側を炙《あぶ》っていた。

（ああ、いやだわ……また……）

またしても倉澤と和樹の愛撫を思いだしてしまう。

腰のあたりがむずむずしてくる。淡白な夫とは異なり、熱い情熱をぶつけるような二人のセックスは強烈だった。心身ともに疲れきっているのに、なぜか下腹部の奥が疼いてくるのだ。

「ん……」

無意識のうちに腰を捩《よじ》らせる。すると湯の表面に波紋がひろがり、映りこんでいた星が儚《はかな》げに滲んでいった。

紗和は自分の身体をそっと見おろした。

温泉のなかに豊満な乳房がたゆたっている。ぴったり閉じた太腿の付け根では、漆黒の陰毛が漂うように揺れていた。成熟期を迎えた匂いたつような三十路《みそじ》の女体だった。この熟れた肉体を、夫以外の男たちに開いたのだ。

(どうして、こんなことに……)

胸のうちは複雑だった。

夫を思う気持ちに嘘偽りはない。それなのに、肉体は男たちの愛撫を忘れられずにいる。触れられれば確実に反応してしまう。しかも感度はアップする一方で、快感は際限なく大きくなっているのだ。

(わたしの身体、どうなってしまったの?)

温泉に浸かったまま、自分の身体を抱き締めてみる。すると虚しさが胸の奥にじんわりとひろがった。

「孝志さん……」

夫の名前をつぶやくと、なおのこと切ない気持ちになってしまう。

ふいに双眸が潤みはじめて、下唇を小さく噛み締めた。いつ帰ってくるのかわからない夫をひたすら待つのは、あまりにもつらいことだった。

腕で押さえつけている乳房に、どうしても意識が向いてしまう。張りつめた乳肉が男の愛撫を欲していた。

「あぁ……」

思わず艶っぽい溜め息が溢れだす。理性では抑えられない欲求が膨らんでいる。淋しさをまぎらわせてくれる肌と肌の触れ合いを求めていた。

義父母は自宅に戻っている。一般客の利用時間は過ぎているので、大露天風呂は完全な貸し切り状態だ。

とにかく身体が火照って仕方がない。こみあげてくる衝動に抗えなかった。

湯のなかで乳房にそっと手を這わせる。腕をクロスさせて右手で左胸を、左手で右胸を強く握り締めた。

「ンンっ……」

たったそれだけで、鈍い快感が乳房の芯までジーンと響いていく。

柔肉に指を食いこませるほどに、秘めたる欲望が頭をもたげはじめる。指の間に挟まれた乳首が、まるで愛撫をねだるように尖り勃《た》ってきた。

（いけないわ……こんなことしたら……）

頭ではわかっているが、もう身体には火が点《つ》いている。せめて部屋に戻ってからと自分自身に言い聞かせても、指先は火照ってピンク色を濃くした乳首をキュウッと摘みあげていた。

「はンンっ……」

思わず顎が跳ねあがる。快感が乳房全体を包みこみ、たまらず湯船の底につけたヒップを捩らせた。

双つの乳首はすでに硬く勃起している。指先で転がすほどに感度がアップして、紗和は眉を困ったような八の字に歪めてのけ反った。内腿をもじもじと擦り合わせることで、股間の奥に疼きがひろがるのを自覚した。

(身体が熱い……どうしたらいいの?)

首を小さく左右に振るが、つい右手が股間に伸びてしまう。

指先は乳房から腹部へとさがり、揺らめく陰毛を掻きわけるようにして、内腿の付け根に潜りこんでいった。

「ンっ……」

割れ目にそっと指を沿わせるだけで、鋭い快感電流が突き抜けた。

脚はしっかり閉じたまま、遠慮がちに指を上下させる。右手で陰唇をなぞりあげながら、左手では乳房をねっとりと揉みしだいていた。

「あっ……ンぅっ……」

指先に湯とは異なるヌメリを感じる。愛蜜が滲んでいるのは明らかで、肉体は恥ずかしいほどに昂《たか》ぶっていた。

(孝志さん、わたしを残してどこに行ってしまったの?)

脳裏に愛する夫の顔を思い浮かべる。彼の手で触れられていることを想像しながら、股間と胸をやさしくまさぐった。

孝志はいつも壊れ物を扱うように触れてくれた。真面目でやさしい性格そのままの、あくまでもソフトな愛撫だった。

「た……孝志さん……ンっ」

陰唇の表面をそっと掃き、乳房を手のひらで撫でまわす。夫の手つきを思いだして真似するが、刺激が弱すぎて物足りなかった。

孝志が目の前に現れて抱き締めてくれるのなら、きっとそれだけで満足できるだろう。でも、想像しているだけでは、拙《つたな》さばかりがクローズアップされてくる。自分の指では夫の愛情まで再現することはできなかった。

性感を掘り起こされるような愛撫を知ってしまった今、肉体はより強い刺激を求めてしまう。あの子宮がキュンッとするような絶頂感を思いだすと、指先に感じる愛蜜のヌメリが濃くなるような気がした。

(自分でするなんて……)

誰かに強要されているわけでもないのに、露天風呂でオナニーに耽《ふけ》っている。これまでの紗和では考えられないことだった。

だが、恥ずかしいことをしていると思うほどに欲望が膨らみ、陰唇をなぞる指の動きが速くなる。快感はあっという間に大きくなるが、夫のやさしい愛撫からかけ離れていくのが哀《かな》しかった。

「ンっ……ンっ……」

閉じていた脚が少しずつ開きはじめる。左手では乳房を握り締めて、乳首をクニクニと転がした。

（ああ、もっと激しく……）

もどかしい刺激から逃れるように、クリトリスに中指を押し当てる。小さく円を描くように刺激すると、蕩《とろ》けるような快感がひろがった。

「あふっ……い……ンンっ」

吐息のような喘ぎ声が溢れだす。露天風呂でオナニーしているせいか、離れの客室で倉澤に抱かれたときのことを思いだしてしまう。あのときは、野外で無理やりオナニーをさせられて、そのあと立ちバックで奥まで貫かれたのだ。

脳裏に浮かべていた夫の顔は、いつしか倉澤の精悍な顔に変わっていた。

逞しいペニスの感触は、肉体にはっきりと刻みこまれている。目を閉じれば、あのめくるめく快感が鮮明によみがえってきた。

（いけません、倉澤さん……お願いですから……）

強引に迫られると拒絶できない。そればかりか、力まかせに組み敷かれることで興奮してしまう。夫以外の男性に犯されるシーンを想像するだけで、性的な昂ぶりは最高潮に跳ねあがった。

「ああっ、倉澤さんっ」

右手の中指で勃起したクリトリスを押し潰す。途端に身体がビクッと反応し、湯が飛沫《しぶき》となって宙に跳ねあがった。

(また孝志さんのことを……)

実際に身体を重ねるだけでは飽きたらず、妄想のなかでも夫以外の男性に抱かれている。夫の愛を冒涜《ぼうとく》する最低のオナニーだった。

それでも指の動きをとめられない。湯のなかでしどけなく開かれていた下肢は、いつの間にか大胆なM字開脚となっていた。湯船を形作っている岩に寄りかかり、天を仰ぐような格好で股間をいじっているのだ。

「ダメなのに……ああンっ」

苦悩の表情を浮かべつつ、快感を求めて指を動かしている。温泉で身体は火照っているのに、心は冷えきったままだった。

(許してください……孝志さん)

強く閉じた目尻から、じんわりと涙が滲みだす。

罪悪感に苦しみながらも、激しく欲情していることを否定できなかった。

中指を膣口に押しつけると、ゆっくり沈みこませていく。蜜壺はいとも簡単に指を受け入れ、膣襞がいっせいにザワザワと蠢《うごめ》きはじめた。

「あううっ……」

陰唇の表面を撫でていたのとは別次元の快感がこみあげる。内側の敏感な粘膜を擦ることで、蜜壺が目覚めたかのように激しく蠕動《ぜんどう》した。

「あっ……や……ンンぅっ」

掠《かす》れた喘ぎ声が大露天風呂の静かな空気を震わせる。指が奥へ奥へと引きこまれて、あっという間に根元まで収まってしまった。

倉澤の巨根には遠く及ばないが、それでも膣壁を擦りあげると鮮烈な快感が突き抜ける。腰が震えて湯が大きく波打った。紗和は脚を大きくひろげて、右手の中指をゆっくりと出し入れした。

「あっ……あっ……」

こらえきれない切れぎれの喘ぎ声が溢れだす。

いけないとは思いつつ、脳裏に浮かべているのは夫ではなく倉澤のペニスだ。巨大な男根を挿入されているのを想像して、指の動きを少しずつ速めていく。しかし、指では一番感じる部分に届かず焦燥感が募ってしまう。

「も……もっと……もっとしてください……」

無意識のうちにつぶやき、蜜壺を一心不乱に掻きまわした。

左手では義弟にされたように、乳房を強く握り締める。夫が絶対にやらないような激しい愛撫だ。乳首を指先で弾いては、強めに摘みあげて刺激した。

(やめて、和樹くん……そんなこと……)

夫の弟に抱かれたことを思うと、強烈な背徳感に襲われる。義理とはいえ弟と肉体関係を持つなど、絶対にあってはならないことだった。

いつしか想像の相手が、倉澤から和樹に変化していた。膣内に収まっている中指は、義弟のペニスだ。禁断の性交を頭のなかで再現することで、背徳感が盛りあがって妖しい快感にのめり込んでいく。

「和樹くん……あンっ、ダメ……ああっ」

義弟の名を呼ぶことで、膣の奥から新たな華蜜が溢れだす。指をヌプヌプと抽送させて、乳首を指の間に挟みこむように乳房を揉みしだいた。

(ああっ、どうしてこんなに感じるの？)

身体がますます敏感になっている。義弟とのセックスで味わった破滅寸前の快楽は、心と身体に一生消すことのできない痕跡を残していた。

興信所に行ったことで、不安と淋しさを余計に自覚する結果となった。悲しみを誤魔化すため、紗和はなおのことオナニーに没頭する。快楽に逃げこむことで、すべてを忘れてしまいたかった。

「あっ……あっ……い、いいっ」

湯船のなかで脚を限界まで開き、指で膣内を擦りあげる。同時に乳房を強く握り締めて、勃起した乳首を刺激した。

(孝志さん……わたし、もう……)

紗和は目もとを染めあげて、快楽に身をまかせていった。

夫以外の二人の男性と交わったことで、感度は確実にあがっていた。絶頂を教えられて、官能の蕾《つぼみ》が一気に開花したのだろう。まさか自分の指でこれほど感じるとは驚きだった。

「ああっ、もっと……あッ……ああッ」

ペニスの抜き差しを意識しながら、指のピストンを速くする。内腿に小刻みな痙攣が走り、熟れた裸体が少しずつのけ反りはじめていた。

(自分の指で……わたし……)

頭の芯がジーンと痺れて、もう昇り詰めることしか考えられなくなる。

できるだけ奥を刺激したくて、中指を根元まで押しこんだ。そしてクリトリスを押し潰すようにしながら、膣内の上部を強く擦りあげた。

「あああッ、いいっ、いいのっ、あッ、あッ、イクっ、ああッ、イクううッ!」

全身の筋肉が硬直して、強烈な絶頂感が突き抜ける。露天風呂のなかでオナニーに耽り、ついにアクメに達したのだ。

膣が激しく収縮して、指をきつく締めつけていた。オナニーでこれほど深い絶頂を味わうのは初めてだった。

2

紗和は露天風呂のなかで、呆《ほう》けたようにぐったりとしていた。

アクメの余韻が漂う身体を温泉に預けて、静かに睫毛《まつげ》を伏せている。できることなら、このまま眠ってしまいたかった。

長時間の入浴で身体は火照っているが、外気温が低いのでまだまだ浸かっていられそうな気がする。洗った髪を纏《まと》めるために頭に巻いた白いタオルは、すっかり冷たくなっていた。

（でも、そろそろ……）

自宅に戻って眠らないと、睡眠不足になってしまう。

疲労が蓄積している紗和を見かねて、女将が大露天風呂の使用を許可してくれたのだ。せっかくの気遣いを無駄にはできなかった。

気怠《けだる》い身体を起こそうとしたそのとき、内風呂に通じるガラス戸が勢いよく開け放たれた。紗和は慌ててしゃがみこみ、もう一度肩まで湯に浸かった。

(やだ……誰？)

薄闇のなかに目を凝らす。驚きのあまり声をあげることもできずに固まった。

ガラス戸の前にスーツ姿の男が立っている。内風呂から漏れてくる明かりが逆光となり、その人物の顔を確認することはできなかった。

男がゆっくりと露天風呂に歩み寄ってくる。紗和は頰を引き攣らせながら、胸と股間を両手で覆い隠した。

「義姉《ねえ》さん……」

ふいに呼びかけられてはっとする。聞き覚えのある声が、心に芽生えていた恐怖心を急速に溶かしていった。

「和樹……くん？」

近づいてくると顔がはっきり見えてくる。スーツの人物は義弟の和樹に間違いなかった。ほっとすると同時に、裸体を晒している羞恥がこみあげる。湯に浸かっている女体に、粘りつくような視線が這いまわっていた。

スーツ姿ということは仕事帰りだろうか。仕事柄、帰宅が深夜になることも珍しくない。和樹は湯船の縁に立つと、少し怒ったような顔で見おろしてきた。

「ど……どうしたの？」

紗和は動揺を隠すことができなかった。平静を装うとするが、微かに声が震えてしまう。

一度抱かれてから、なるべく義弟との接触を避けてきた。夫の弟とは絶対にこれ以上過ちを重ねるわけにはいかなかったから……。

だが、そのことを和樹が不満に思っていたとしてもおかしくはない。いつもなにか言いたそうにしているが、紗和はあえて気づかない振りをしてきたのだ。

「義姉さん、話があるんだ」

和樹の声は感情を抑えこんだように平坦だった。なにかをこらえているのか、目の奥には強い光が宿っていた。

「話ならあとで聞くわ……今はお風呂に入ってるから」

紗和は裸体を手のひらで隠し、がっくりと首を折った。

これ以上避けることはできそうにない。一度話し合いの場を設けて、きっぱり断るべきだ。嫌われる可能性は高いが、もう逃げることはできなかった。

そのとき、ザブッと音がして湯が大きく揺れた。驚いて顔をあげた途端、紗和は瞳を大きく見開き、またしても全身の筋肉を硬直させて固まった。

「え……？」

スーツを脱ぎ捨てて全裸になった和樹が、湯船のなかに立っていた。

股間からは野太いペニスがだらりと垂れさがっている。ぼんやりとした明かりに照らしだされた逸物は、勃起していなくてもかなりの大きさだった。

「や……」

思わず視線を逸らすが、巨根で貫かれた記憶がまざまざとよみがえってしまう。背徳感にまみれながら、禁断の快楽によがり狂わされた。絶対に夫に知られてはならない秘密だった。

そんな紗和の困惑を無視して、和樹は湯を掻きわけるようにしながらまっすぐに歩み寄ってきた。

「あとでとか言って、また逃げるつもりだろう」

不機嫌そうな口調だった。やはり避けられてきたことを怒っているのだろう。

「ちゃんと話すわ……だから……」

紗和は胸と股間をそれぞれ手のひらで覆い隠したまま、湯のなかで膝をくの字に曲げて横座りの姿勢になった。

「もう待ちきれないよ。俺は今すぐ話したいんだ」

和樹は両手を腰に当てて、紗和の真正面で仁王立ちした。

声のボリュームこそ抑えているが、今にも爆発しそうな鬱屈《うっくつ》した感情が滲みだしている。もちろん、ゆっくり湯に浸かってリラックスする様子などない。怖い顔で威圧的に見おろしてくるのだ。

和樹は兄嫁のすぐ目の前でペニスを剝きだしにしているのに、まったく悪びれた様子がない。それどころか、見せつけるようにわざと腰を揺らしたりする。注意をしようにも、義弟の目は完全に据わっていた。

（なんだか怖い……）

紗和はまともに顔を見ることができずに視線を落としていく。するとペニスが視界に入り、思わず赤面してしまう。慌てて顔を背けたが、男根の残像が網膜にしっかりと焼きついていた。

「義姉さんは気づいてなかったと思うけど、俺、見てたんだよ」

和樹が抑揚のない声でつぶやき、冷えきった目で見おろしてくる。その軽蔑するような光が恐ろしくて、紗和はなにも言うことができなくなった。

（見てたって、なにを？）

まさか先ほどのオナニーを見られていたのだろうか。

破廉恥《はれんち》な行為を責められているような気がして萎縮してしまう。だが、次に義弟の口から飛びだしたのは意外な言葉だった。

「昨日の夜、離れでなにしてたんだよ」

「……え？」

完全に不意を突かれた格好だ。離れの専用露天風呂で倉澤に抱かれたことは、まだ記憶に新しい。一瞬どきりとしたが、あの時間帯なら和樹はまだ帰宅していないはずだ。動揺を押し隠し、懸命に平静を装った。

だが、どうしてそんなことを聞くのだろう。真意を測りかねて、紗和は上目遣いに見つめ返した。

「倉澤社長が来てたんだろう。俺、知ってるんだぞ」

和樹の声が微かに震えている。そして憤怒を滾《たぎ》らせたような目で、眼光鋭くにらみつけてきた。

「昨日は早く帰らせてもらったんだ。義姉さんと話がしたくて」

どうやら仕事を早退してまで、紗和と話し合いの場を持とうとしたらしい。

昨日は離れの和室に倉澤が来ており、紗和は挨拶に行っていた。そのことは、仲居たち全員が知っていたはずだ。和樹が「義姉さんは？」と尋ねれば、誰もが素直に答えたことだろう。

（ということは……まさか？）

嫌な予感が一気にこみあげてきた。

昨日、和樹が離れを訪ねてきて、専用露天風呂から聞こえてくる声に気づいたのだとすれば、咎《とが》めるような口調になっているのも納得がいく。

「俺、知ってるんだよ」

和樹が同じ言葉を繰り返す。その顔には怒りだけではなく、悲しみも滲んでいるような気がした。

「離れに行ったんだ。早く義姉さんに会いたくて……。どうしても、すぐに会いたかったんだ。そうしたら……」

和樹はそこまでしゃべると、いったん言葉を切った。そして気持ちを整理するように目を閉じる。数秒後に再び目を開くと、意を決したように言葉をつづけた。

「聞こえてきたんだよ。義姉さんの声が」

「わ、わかったわ……も、もう、言わなくても……」

紗和は掠れた声で遮ろうとする。もうそれ以上は聞きたくなかった。だが、和樹は蔑むような目で見おろしてきた。

「義姉さんに気持ちを伝えるつもりだったんだ。それなのに、義姉さんはあんなやつと……」

怒りをこらえるように、両手で拳を握り締めている。和樹は奥歯をギリギリと食い縛《しば》り、悔しそうに言葉を吐きだした。

「竹垣によじ登って覗いたら……義姉さんが倉澤社長とやってたんだ」

どうやら離れの専用露天風呂を覗いたらしい。もちろん許されない行為だが、今はそんなことを論じている場合ではなかった。仁王立ちしていた義弟が、怒りに顔を歪めてふらふらと迫ってきた。

「か、和樹くん？」

紗和は思わずあとずさりしようとするが、背中は湯船を形作っている大きな岩に預けている。どこにも逃げ場はなかった。

「あんなやつより……」

「お……落ち着いて」

「俺のほうが……絶対……」

「ねえ、お願いだから聞いて」

なにを言っても、もう義弟の耳には届いていない。大きく見開かれた目には、嫉妬と憤怒の炎が燃え盛っていた。

「義姉さんが好きなんだ！」

和樹は胸のうちに溜めこんでいた想いを吐きだすと、湯船に浸かっている紗和に襲いかかってきた。

「いやっ！」

義弟の手をかいくぐって立ちあがり、逃げだそうと背を向ける。だが、あっさり背後から肩を摑まれて、今まで寄りかかっていた岩に押さえつけられてしまった。

「ひっ……っ、冷たい」

冷えきった岩肌に、乳房から腹部にかけてが密着する。火照った身体から急激に体温が奪われていくのがわかった。

岩の上部は平らになっており、ちょうど上半身を乗せあげてヒップを後方に突きだすような格好だ。そんな姿を背後から義弟に見られていると思うと、恐怖だけではなく羞恥も急激に膨れあがった。

「は、離して……ちゃんとお話ししましょう」

背後の義弟に向かって語りかける。しかし、和樹はまったく聞く耳を持たず、紗和が頭に巻いていた白いタオルを毟《むし》り取った。

「な……なにをするつもり？」

濡れた黒髪がひろがり、肩から背中にかけて垂れかかる。それを和樹が思いのほか丁寧な手つきでひと纏めにしていった。そして髪を左側に寄せると腕を摑み、打って変わった強引さで捻りあげてきた。

「い、痛いっ」

左右の手首が腰の上で交差させられる。そしてタオルを巻きつけられて、きっちり縛りあげられてしまった。

「いやっ、どうしてこんなことをするの？」

「倉澤なんかより、俺のほうがずっと義姉さんのことを想ってる。今からそれを証明するんだ」

「話なら聞くから……だから解《ほど》いて」

両手の自由を奪われて、胸のうちに不安がひろがっていく。そっと腕に力をこめてみるが、タオルはびくともしなかった。

「ダメだよ。逃げようとしたじゃないか」

「それは裸だったから……」

身体を起こそうとすると、すかさず背中を押さえられてしまう。抗う術はなく、両足を湯船のなかでバシャバシャと動かすことしかできなかった。

「ほら、また逃げようとした」

「違うわ。逃げたりしない。本当よ」

義弟の考えていることがわからない。とにかく、これ以上興奮させるのは危険なような気がした。

「わ、わかったわ……このままでいいから、お話をしましょう」

下手に逆らったり、無闇に騒いだりしないほうがいい。それに義弟のことを信じたい気持ちもある。今は感情が昂ぶっているだけだ。少し話をすれば、きっと落ち着きを取り戻してくれるだろう。

だが、そんな紗和の思いを無視して、いきなりヒップを撫でまわされた。

「あっ、ちょ、ちょっと……」

反射的に戸惑いの声が溢れだす。それでも義弟を刺激したくないので、強く拒絶することはできなかった。

滑らかな肌の感触を確認するように、左右の尻たぶに手のひらが這いまわる。ゆっくりと円を描くように、柔らかくマッサージしてくるのだ。

(いやよ……でも、今は我慢しないと……)

逃げようとして騒ぎになったりすれば、藤島屋の看板に傷をつけることになる。若女将と義弟の関係は絶対に隠し通さなければならない。万が一スキャンダルが露呈すれば、老舗旅館の信用は地に堕《お》ちてしまうだろう。

「義姉さんは俺のこと、どう思ってるんだよ」

和樹の声には思いつめたような響きが感じられる。ここは言葉を選んで、慎重な受け答えが必要だった。

「……も、もちろん、大切に思ってるわ」

「大切ってどれくらい？　倉澤よりも大切に思ってる？」

和樹はヒップを撫でながら、捲したてるように尋ねてきた。

「和樹くんは義弟《おとうと》だから……ンンっ」

言い終わった途端、尻肉を強く摑まれてしまう。脂の乗った尻たぶに、義弟の指が食いこんでいた。

「じゃあ、なんでやらせてくれたんだよ」

「そ、それは……」

胸の奥に後悔の念がこみあげる。拒絶しきれずに受け入れて、快楽に流されてしまった先日の過ちが悔やまれた。

「あのときのことは謝るわ。だから……」

「謝る？　謝るってどういうことだよ。遊びだったたってことか？」

「ち、違うの、そんなつもりじゃないの……あぅっ」

むっちりしたヒップを両手で揉みしだかれて、思わず小さな呻き声が漏れる。それでも紗和は岩の上に突っ伏して、されるがままになっていた。とにかく、人が集まってくるような騒ぎにはしたくなかった。

「和樹くんのことが好きなのは本当よ。でも、それは恋愛感情ではなくて、家族としてという意味なの……」

懸命に説得を試みる。だが、どんな言葉も義弟の心には届かなかった。

「全然わかんないよ。じゃあ、なんでセックスしたんだよ」

「ごめんなさい……」

「謝るなって言ってるだろ！」

和樹が苛立《いらだ》ちをぶつけるように怒鳴り散らす。そして背後にしゃがみこむと、尻たぶをグイッと左右に割り開いた。臀裂を大きくひろげられて、尻穴と性器を剝きだしにされたのだ。

「ああっ、いやぁっ」

反射的に脚をばたつかせるが、湯が跳ねるだけで義弟の手を振り払うことはできない。それどころか、いきなり尻の谷間に唇を押し当てられた。

「ひいっ、な、なに？　ああっ」

後ろ手に拘束された裸体がビクンッと跳ねる。信じられないことに、肛門に吸いつかれたのだ。強烈な汚辱感が突き抜けて、尻肉に小刻みな痙攣が走り抜けた。

「俺は本気なんだ。義姉さんのお尻の穴だって舐められるぞっ」

和樹は尻たぶを揉みながら叫ぶと、再び臀裂に顔を埋めてくる。そして不浄の窄《すぼ》まりに、舌をヌルヌルと這いまわらせてきた。

「ひっ、いやっ、汚いから、いやぁっ」

「義姉さんの身体に汚いところなんてないよっ。お尻の穴だって全部、義姉さんのことが大好きなんだ！」

「やめてっ、和樹くんっ、ああっ、ダメぇっ」

肛門を舐められるのなど、もちろん初めての経験だ。アナルの皺を一本いっぽん舌先でなぞられて、強烈なおぞましさが突き抜ける。全身の皮膚に鳥肌がひろがり、紗和はタオルで縛られた両手を強く握り締めた。

「義姉さん……義姉さんっ」

和樹はくぐもった呻きを漏らしながら、執拗に肛門をしゃぶりまくる。まるで、それが愛情の表現だとでもいうように、情熱的に舌を使うのだ。

だが、排泄器官への愛撫を受け入れられるはずがない。とてもではないがじっとしていられず、紗和は大きな岩の上で悶えつづけた。

「あひッ……いやっ、お尻はやめてぇっ、あひッ、ひいッ」

深夜の露天風呂に、若女将の裏返った嬌声《きょうせい》が響き渡る。

これほど背徳的な光景があるだろうか。両手をタオルで縛られて、為す術もなく肛門をしゃぶられている。しかも、臀裂に顔を埋めているのは義弟なのだ。唾液をたっぷり塗りつけられて、アナルがふやけるほど舐めまわされていた。

「これで俺の気持ち、わかってくれた？」

和樹はようやく肛門から口を離すと、尻肉を揉みしだきながら尋ねてくる。荒い息遣いが唾液で濡れたアナルに吹きかかるたび、紗和は拘束された裸体をヒクつかせていた。

「も、もう……許して……」

息も絶えだえに訴える。しかし、義弟の感情は鎮まるどころか、激しく昂ぶったままだった。

「義姉さんの気持ちを聞かせてくれよ」

「それは……」

紗和が言い淀むと、和樹は陰唇に吸いついてきた。尻たぶに両手をあてがいながら、女の源泉に口づけしてきたのだ。

「ああっ、ダメぇっ」

アナルを舐められるのとは異なる甘い刺激が、瞬時に下腹部全体を包みこんだ。

「い、いけないわ……和樹くんっ」

先ほどまでの汚辱感が強かっただけに、クンニリングスされる愉悦を余計に大きく感じてしまうのかもしれない。それは蕩けるような快感だった。

「あっ……や……ンンっ」

「俺と倉澤、どっちを選ぶんだ。はっきりしろよ」

乱暴な言葉遣いとは裏腹に、その舌の動きは繊細だ。

陰唇全体に唾液をまぶしたかと思うと、一転して触れるか触れないかの微妙なタッチを繰りだしてくる。淫裂をそっと舐めあげては、超スローペースで舐めおろす。それを何往復も繰り返すのだ。その間、決してクリトリスには触れなかった。

「あうっ、い、いや……もう、やめて……」

抗議する声が震えてしまう。割れ目を舌先で掃かれる刺激は強烈で、紗和は肉づきのいいヒップをプルプルと震わせた。

「義姉さんがはっきりしないからいけないいんだ。俺のことを選ぶって言うまでやめないぞ」

和樹は完全に暴走している。唸るようにつぶやくと、唇をぴったりと膣口に押しつけてきた。そして思いきり吸引して、愛蜜をジュルルッと啜りあげるのだ。

「あううっ、そ、そんな、吸わないでぇっ」

紗和の悲痛な声が露天風呂に響き渡った。

義弟の舌が陰唇を這いまわり、恥ずかしい汁を貪り飲まれている。気絶しそうな羞恥と心を狂わすような快感が混ざり合い、頭のなかを激しく混乱させていた。

膣口を吸いあげられるときは背筋がのけ反って顎があがり、義弟が息継ぎするときには脱力して大きな岩に体重を預ける。冷たい岩肌に頬ずりして、恥辱の涙をはらはらと流した。

「ね、ねえ、和樹くん、どうしてこんなこと……お話をしたいって……」

愛撫の合間を縫って語りかける。なんとかして義弟を説得しなければ、行為がさらにエスカレートしそうだった。

「わかってるんだ。義姉さんは俺と話す気なんてないんだろう。ずっと俺のこと避けてたじゃないか」

「それは、和樹くんとの関係を壊したくなかったから……家族に戻りたかったの」

「なんだよそれ。俺は義弟じゃいやなんだよっ」

和樹は吐き捨てるように言うと、再びアナルをペロリと舐めあげた。

「ひあっ……そ、そこはいやっ」

肛門にひろがる汚辱感に慣れることはない。だが、義弟はアナルに固執して、またしてもたっぷりの唾液を塗りこんできた。

「これが俺の気持ちだよ。倉澤はお尻の穴なんて舐めてくれないだろう？」

「もう、苛《いじ》めないで……」

義弟の唇は離れたが、むしゃぶりつかれたアナルはヒクついている。紗和は呼吸を乱し、ただ懇願することしかできなかった。

「あうっ……な、なに？」

濡れそぼったアナルの中心部に、和樹の指先が触れていた。ふやけた肛門の襞を弄ぶように、クニクニと押し揉んでくるのだ。

「だいぶほぐれてきたね。そろそろ入るんじゃないか？」

和樹は恐ろしいことをつぶやくと、そのまま指先に力をこめてきた。

「ひっ、やめっ、あひいっ」

嫌な予感に身を捩るが、後ろ手に拘束されていては逃げられない。蕩けきっているアナルはいとも簡単に押し開かれて、義弟の指先を呑みこんでいった。

「やっ、やめてっ……ううっ、抜いて」

「大丈夫だよ。お尻の穴でも感じさせてあげる」

和樹の声は狂気じみていた。そして、さらに指をゆっくりと押しこんでくる。肛門を貫かれて、指が逆流してくる感覚は強烈だった。

「くううっ……しないで、お願い」

汚辱の涙をこぼしながら、夫の弟に向かって哀願する。しかし、義弟はまったく聞く耳を持たずに排泄器官を指で犯してくるのだ。

「俺にしかできないやり方で、義姉さんのことを悦ばせてあげるよ」

和樹の指はかなり深い場所まで到達している。内側の敏感な粘膜をなぞられて、尻たぶに小刻みな痙攣が走り抜けた。さらにその状態で陰唇にむしゃぶりつかれ、跳ねあがる勢いで女体が反り返った。

「ああァッ、いやっ、いやっ、あひいいッ」

「感じるだろう。もっといい声を聞かせてよ」

義弟の尖らせた舌が膣口にねじこまれてくる。滴る愛蜜を啜られながら、膣壁をヌルヌルと舐めまわされるのだ。鮮烈な快感が四肢の先まで一瞬にして伝播《でんぱ》し、紗和はこらえきれない嬌声を撒《ま》き散らした。

「いやああッ、そんな、両方なんて」

肛門と膣を同時に刺激されて、汚辱感と快感が螺旋《らせん》状に絡み合う。岩の上でうつ伏せになった裸体がヒクつき、愛蜜をトクトクと溢れさせていた。

「美味しいよ、義姉さんの汁。もっと出してよ。全部飲んであげるから」

「いやっ、飲まないで、ああッ、指を抜いてぇっ」

なにを言ったところで、もう義弟の心には届かない。指をゆっくりと抜き差しされて、アナルの粘膜を刺激してくる。もちろん、そうしている間も膣口を好き放題に舐めまわされていた。

(こんなことって……ああっ、孝志さん、もうおかしくなりそう)

夫の顔を思い浮かべて縋《すが》ろうとするが、両穴を同時に責められ、強烈な快感がすべてを押し流していく。心では拒絶しているのに、肉体は義弟の愛撫を完全に受け入れていた。

「いやぁっ、和樹くんっ、お願いだから……ああッ」

「感じるんだね。お尻の穴で感じてるんだね」

和樹が指を抽送しながら、先ほどは触れなかったクリトリスに、ここぞとばかりに吸いついてくる。すでに勃起している肉芽は過敏になっており、理性が蒸発しそうな刺激が脳天まで突き抜けた。

「あああッ……」

タオルで縛られた両手を強く握り締め、湯に浸かったままの両足をブルブルと凍えたように震わせる。今にも昇り詰めてしまいそうな愉悦が、熟れた女体の隅々にまで蔓延《まんえん》していた。

「イッていいんだよ。義姉さんっ、俺がイカせてやるよ！」

和樹が勃起した肉芽を強く吸いあげて、アナルに指を押しこんでくる。その瞬間、破滅的な快感が全身を駆け巡り、思考が一気に霧散した。

「いやぁっ、も、もうダメっ、あッ、あッ、おかしくなっちゃうっ」

「アナルが締まって指が食いちぎられそうだ。義姉さん、もうイッちゃえよっ！」

肛門をズボズボと抉られながら、尖り勃ったクリトリスをジュルルッと強烈に吸引される。途端に背筋が折れそうなほどのけ反り、目も眩むようなアクメの高波に呑みこまれた。

「ああッ、そんな、どっちもなんて、ああッ、す、すごいっ、もう、あッ、あッ、あッ、いやっ、もうイキそうっ、ンああッ、イクっ、イッちゃううううッ！」

まるで感電したかのように、岩の上で裸体が弾む。おぞましかっただけのアナルも異常なまでに感じてしまう。義弟の指を締めつけながら、クリトリスを吸われる悦楽に酔いしれた。

凄まじいまでのアクメだった。全身の筋肉から力が抜けて、岩にぐったりとしなだれかかる。頭の芯まで痺れきっており、唇の端から涎がタラタラと垂れ落ちた。

「これが俺の気持ちだから」

和樹のつぶやく声が、どこか遠くに聞こえる。意識が朦朧《もうろう》としながらも、アナルから指を抜かれるときには、「ああンっ」と甘えたような声が溢れだした。

紗和は岩に頬を押し当てて、涙をとめどなく流しつづけている。夫以外の男性に禁断の窄まりを責められた挙げ句、深いアクメに達してしまったのだ。

（孝志さん……わたし、お尻まで……）

紗和は夫の顔を思い浮かべると、下唇を小さく噛み締めた。

とてもではないが、こんな姿は見せられない。背後に突きだしたヒップに、ときおり小刻みな痙攣が走り抜ける。背徳感にまみれながらも、絶頂の余韻が残るアナルをヒクつかせていた。

3

「お願い……ここからおろして」

紗和が掠れた声で懇願すると、ようやく岩の上からおろされた。

だが、タオルで後ろ手に縛られており、そのうえアクメに達したばかりで全身が痺れている。足もとがふらついて、ひとりでは立っていられなかった。

そんな紗和の身体を、和樹がさりげなく抱いて支えてくれた。大きな手を肩にまわして、がっしりとした胸板に寄りかからせてくれたのだ。そのとき、酷《ひど》いことをされたにもかかわらず、胸の奥が温かくなるのを感じた。

（どうしたのかしら……わたし……）

義弟と肌を触れ合わせていることが、まったく嫌ではなかった。むしろ、もっと強く抱いてほしいとさえ思ってしまう。もちろん、いけないことだというのはわかっているが、なぜかそんな衝動がこみあげてしまうのだ。

漆黒の髪は肩にはらりとかかっている。昼間のようにきっちり結いあげていないと、どうしても気持ちが引き締まらない。若女将としての矜持《きょうじ》が薄まり、どこか無防備になっているような気がした。

「もうやめて、もし誰か来たら……」

自分の気持ちを誤魔化すように、紗和は義弟の腕のなかで身を捩った。すると、ますます強く抱かれて、胸がキュンッとなってしまう。

「ああ……いけないわ」

「じゃあ、今度は俺のことをイカせてくれよ」

和樹は当たり前のように言うと、紗和の肩を抱いたまま湯船からあがった。そして、露天風呂の洗い場に仰向けになって手招きするのだ。

「義姉さんが上になるんだ。俺がイッたら今夜は終わりにするよ」

平然と言ってのける義弟の股間には、巨大な肉柱がそそり勃っていた。長さも太さも、夫とは比べ物にならない立派なペニスだった。

「や……ま、まさか……」

紗和は義弟のかたわらに立たされたまま、くなくなと身を捩る。両腕はいまだに背後で縛られているので、乳房も股間も隠すことはできなかった。

「騎乗位くらいできるだろう？　ほら、自分からまたがってよ」

「そんな……またぐなんて……いやっ」

「早くしたほうがいいよ。誰かに見つかったら大変なことになるからね」

もちろん和樹の目は真剣だ。目的が達せられるまでは、紗和を決して解放しないだろう。拒絶しても誰かに見つかるまで迫ってくるに違いなかった。

「せめて……手を解いて」

「ダメだよ。そのままでやるんだ」

「……また、意地悪するのね」

紗和は諦めたように溜め息をつくと、仰向けになっている義弟の股間をそっとまたいだ。股間を見つめられて、極端な内股になってしまう。それでも、肉柱の真上に立つしかなかった。

「か……和樹くん……」

裸体を晒す羞恥にまみれながら、震える声で呼びかけた。

じつは、騎乗位の経験はなかった。なにしろ夫とは正常位だけだったのだ。どうすればいいのかわからず、戸惑いの瞳で見おろした。

「そうか、初めてなのか。じゃあ、俺が教えてやるしかないな。そのままゆっくりしゃがむんだ」

「本当にしないと……ダメなのね」

義弟に言われるまま、膝を折ってヒップを落としていく。股間の下にペニスがあると思うと恐ろしいが、とにかく一刻も早く終わらせたいという気持ちが強かった。後ろ手に拘束された上に内股で、バランスを保つだけで精いっぱいだ。

「あっ……」

硬いモノが股間に当たり、思わず小さな声が溢れだす。中腰で動きをとめると、義弟の手が腰に伸びてきた。

「ほら、ここだよ」

「こ、怖いわ……」

「俺が支えてるから大丈夫だよ。義姉さん、ゆっくりしゃがんで」

和樹に誘導されて腰を落としていくと、男根の先端が膣口にめりこんだ。巨大な亀頭が陰唇を押し開き、ズヌーッと媚肉を掻きわけてくるのだ。

「はンンっ……か、和樹くん」

膣壁を擦られる快感が突き抜ける。もう膝に力が入らなくなり、一気にヒップを落としこんだ。

「あううっ……」

肉柱が根元まで嵌《は》りこみ、子宮口がググッと圧迫される。腕を背後で縛られているため身体を支えることができず、体重が股間に集中してしまうのだ。

「く、苦し……ンンっ」

「義姉さんのなか、あったかくて気持ちいいよ。繋がってるとこ、よく見せてよ」

懸命に閉じている両膝に、義弟の手が乗せられる。そして、左右にじわじわと開かれていく。

「あっ、い、いや、やめて」

もちろん訴えたところでやめてもらえない。膝はいとも簡単に割られて、ぴったり密着した股間を覗かれる。足の裏をしっかり地につけた、和式便所で用を足すときのような騎乗位だ。

「いや、いやよ、見ないで、恥ずかしいっ」

陰毛同士が絡み合う股間に視線を感じ、無意識のうちに身を捩る。すると剛根を呑みこんだ蜜壺が擦られて、重苦しい愉悦がじんわりとひろがった。

「あうぅっ……どうして、どうして苛めるの？」

紗和は耐えきれなくなり、潤んだ瞳で義弟をにらみつけた。激烈な羞恥心が湧きあがっており、身体が燃えるように熱かった。

「大好きなだけだよ。義姉さんのことが本当に大好きなんだ」

和樹は神妙な顔でつぶやいたかと思うと、次の瞬間には股間をグイッと突きあげてくる。そうやって剛根を穿《うが》ちこみ、膣の奥を抉りたててきた。

「ああぁっ、ふ、深い……ンンっ」

義弟の股間の上で、後ろ手に拘束された身体がバウンドする。黒髪がばらばらに乱れて、甘いシャンプーの香りを振りまいた。腰を摑まれていなければ、どこかに飛んでいってしまいそうだった。

「あとは好きに動いていいよ。俺のことをイカせるまでつづけるんだ」

和樹はそれきり大人しくなると、紗和のくびれた腰に手を添えるだけになる。そして、意地の悪い目で見あげてくるのだ。

「そんな……どうすればいいの？」

「義姉さんが自分で考えるんだ。俺のことを気持ちよくするんだよ」

問いかけても和樹は教えてくれない。それどころか、下から乳房に手を伸ばし、指先でさわさわと撫でまわしてきた。

「あンっ、いや……やめて……」

騎乗位で繋がった裸体をくねらせると、必然的に結合部も動かすことになる。すると膣壁と男根が摩擦されて、またしても鈍い快感が下腹部を波打たせた。それと同時に子宮が妖しく蠢き、新たな華蜜がトクンと分泌されてしまう。

「だ、ダメ、和樹くん……ああっ」

「うぅっ……それ、気持ちいいよ」

和樹がぽつりとつぶやいた。見かねてヒントを与えてくれたのかもしれない。悪戯《いたずら》する振りをして、どうやって動けばいいのかを教えてくれたのだろう。

義弟の指が双乳の表面を這いまわる。刷毛《はけ》で掃くようなフェザータッチで、柔肌の上をそっと蠢くのだ。

「はううっ、くすぐったい……ンンっ」

もどかしい感覚にたまらず身じろぎすると、亀頭の笠の部分が膣壁に食いこんで鋭い快感が突き抜けた。さらに双つの乳首を摘みあげられて、全身の筋肉がビクッと硬直する。乳首に生じた甘い刺激で、蜜壺まで条件反射的に収縮していた。

「ああっ、ダメっ、悪戯しないで」

「締まってきた。義姉さんも気持ちいいだろう？」

「やっ……ああンっ、いやよ……」

口では否定しながらも、無意識のうちに腰が動いてしまう。結合部から微かにクチュクチュと音がして、蕩けるような快感がじんわりとひろがっていた。

「義姉さん、どうすればいいのか、もうわかるだろう」

「か、和樹くん……わたし……」

身体が自分のものでなくなったような気がする。気づいたときには腰が勝手に動きはじめていた。腕は背後で縛られたまま、ヒップを前後に揺らめかせる。すると湿った音がなおのこと大きくなった。

「あっ……あっ……」

「そうだよ。その調子で腰を振るんだ」

和樹が溜め息混じりに声をかけてくる。感じているのか、膣を埋めつくしているペニスが微かにヒクついていた。

「こんなこと……一回だけだって言ったのに……ああっ」

「でも、義姉さんも悦んでるじゃないか」

「そんなはず……ああンっ」

またしても義弟とセックスしてしまった。しかも、今回は自分が上になって腰を振っている。もう言い訳はできない。嫌なら腰を動かさなければいいだけの話だ。いけないと思っても、膣は強烈に収縮して男根を締めつけていた。

（孝志さん、許してください……わたし、また和樹くんと……）

心のなかで謝罪するほどに、腰の動きが速くなってしまう。しゃくりあげるようにクイクイと前後に振り、夫よりも太いペニスを擦りあげた。

「くぅっ、いいよ。もっとだ。もっと尻を振るんだ」

和樹が息を荒げながら命じてくる。膣に根元まで穿ちこまれている男根は、さらに容積を増しているような気がした。

「ああンっ、和樹くん……あっ……あっ……」

義弟の言葉に従い豊満なヒップを前後させる。悩ましく腰をくねらせると背徳感が膨らみ、なおのこと快感が大きくなっていく。

「だ、ダメ……いけないのに……あンンっ」

心とは裏腹に肉体は激しく反応する。大量の蜜が分泌されて、結合部はお漏らしをしたようにぐっしょりと濡れていた。

「すごいよ、義姉さん……ううっ、すごくいいよ」

和樹が快楽に呻きながら乳房を揉みしだいてくる。柔肉に十本の指を食いこませて、やさしく捏《こ》ねまわしてくるのだ。

「はああンっ……」

うっとりするような心地よさに、紗和は腰をくなくなと揺すりたてた。股間を密着させて剛根を呑みこんだまま、円を描くように回転させる。すると子宮口がゴリゴリと圧迫されて、強烈な快感が突き抜けた。

「ああッ、そんな……だ、ダメっ、奥に当たって、あッ、あッ」

「もしかして、またイキそうなの？　ねえ、またイクの？」

「い、いや、そんなのダメよっ、ああッ、ダメなの、奥は、あああッ、奥はダメぇっ」

紗和は涙を流しながら腰を激しく捏ねまわす。口ではダメと言いながら、自分の感じる部分を擦りつけていた。

「あッ、あッ、イキそうっ、あああッ、またっ、またイッちゃううッ！」

　後ろ手に拘束された裸体が大きくのけ反り、男根をこれでもかと締めつける。瞬く間にアクメの高波が押し寄せて、頭のなかがピンク色に染めあげられた。

　義弟を絶頂に導くはずが、自分ひとりだけ昇りつめてしまった。紗和は呆けたように唇を半開きにして、くびれた腰に小刻みな痙攣を走らせた。

　あまりの快感に思考能力が途切れ、ふっと意識が遠のきかける。倒れそうになったとき、脱力した身体を義弟にしっかりと抱きとめられた。

「危ないな。大丈夫？」

　和樹は騎乗位で結合したまま、上半身を起こしていた。

　紗和の背中に両手をまわし、思いのほかやさしい目で覗きこんでくる。粗暴に振る舞ってはいるが、本当はやさしい性格だった。そのことをあらためて確認する結果となり、紗和は思わず頬を染めあげていた。

（やっぱり、孝志さんに似てる……）

　義弟に夫の面影を感じ、複雑な感情に囚《とら》われる。罪悪感と背中合わせの愛《いと》しさが、紗和の心を激しく揺さぶっていた。

「ご、ごめんなさい……」

「え……なんで謝るんだよ」

　紗和が小声で謝罪すると、和樹は怪訝《けげん》そうな顔になった。それでも、両手で背中をやさしく抱いていた。

「だって……わたしだけ……」

耳まで真っ赤にして告げると、和樹はフッと微かに笑った。そして、紗和の腰をしっかりと抱き寄せて、ペニスを根元まで挿《い》れ直した。

「ああンっ……」

「じゃあ、もう一回腰を振ってもらおうかな。この体位、知ってる？　対面座位って言うんだよ。せっかくだから、このままで楽しもうか」

和樹は胡座をかくと、紗和の背中をやさしく撫でまわしてくる。そして、爪の先で背筋をツツーッとなぞってきた。

「ンっ……こ、こんな格好で？」

戸惑いを隠せずに聞き返す。義弟の股間にまたがって結合し、上半身を密着させた格好だ。こんな状態で腰を振ることを考えただけでも、背徳感をより強く感じて眩暈《めまい》を起こしそうだった。

(だ、ダメよ……そんなことしたら、きっと……)

心のなかで拒絶する。だが、なぜかそれを言葉にすることはできない。紗和は黙りこんでうつむき、額を義弟の肩にちょこんと乗せた。

「ずいぶんよかったみたいだね。義姉さんのなか、まだヒクヒクしてるよ」

和樹がからかうような言葉をかけてくる。紗和はなにも言えずに腰をもじもじと捩らせた。するとアクメに達した直後の蜜壷が刺激されて、またしても蕩けるような快感が湧きあがった。

「あふンっ、やだ……また……」

慌てて下唇を噛んで声をこらえると、タオルで縛られた両手を強く握り締めた。しかし、胸の奥には妖しい期待感が確かにひろがっていた。

強く抱き締められて、豊満な乳房が義弟の胸板でつぶされている。その圧迫感すら甘い刺激となり、紗和の官能を煽りたてていた。

「はぁ……いけないわ、もう……」

口先だけの拒絶だと自分でもわかっている。和樹が背中を抱いて首筋に唇を押しつけてくると、思わず「ああっ」と喘ぎ声を漏らしてのけ反った。

(もう……もうダメ……またおかしくなりそう)

夫のことを忘れたわけではない。むしろ義弟に抱かれると、なおのこと強く夫を意識してしまう。しかし、その背徳感と罪悪感が、性感を高めるスパイスになっているのは間違いなかった。

「くっ……義姉さんのオマ×コ、どんどん締まってくるよ。よっぽど俺のチ×ポが気に入ったみたいだね」

和樹が卑猥な言葉で揶揄《やゆ》してくる。そんな意地の悪いからかいも、火の点いた肉体をさらに燃えあがらせた。

「い、いやよ、和樹くん……もう苛めないで」

「それってどういう意味。早く突いてってことかな？」

義弟の唇が首筋から耳へと移動する。耳孔に生温かい息を吹きこみながら囁かれ、耳たぶをねちねちと甘噛みされた。

「あンっ、いや……」

「ほら、膣のなかがウネってるよ。動かしてほしいんでしょ？」

耳のなかに舌が入りこみ、背筋がゾクゾクするような快感が走り抜ける。対面座位で義弟と深く結合し、股間から首筋までがぴったりと密着していた。

深夜の露天風呂の洗い場で、夫の弟と裸体を擦り合わせている。万が一この現場を誰かに見られたら、藤島屋の信用は一気に地に堕ちてしまう。そして、夫が帰ってくる場所は完全に消滅してしまうのだ。

（でも……わたし……）

すべてを失ってしまう危険は充分過ぎるほど理解している。それでも、熟れた三十二歳の女体は肉の快楽を求めていた。女の悦びを知ってしまった今、あの愉悦を拒絶することはできなかった。

「お、お願い……手を解いて」

紗和は遠慮がちに腰をよじらせながら、甘く掠れた声で懇願した。

和樹が無言で顔を覗きこんでくる。紗和は目もとを染めあげながらも、決して視線を逸らさなかった。

対面座位で繋がったまま、和樹の手が背後で拘束された手首に伸びてくる。そして、きつく締まっているタオルを、やさしい手つきで解いていく。その間、紗和はねっとりと潤んだ瞳で、義弟の目を見つめつづけた。

理性では説明のつかない愛しさがこみあげてくる。拘束が解けて手首が軽くなった瞬間、紗和は両腕を義弟の首に巻きつけていた。

「義姉さん……んっ」

有無を言わせない勢いで唇を奪うと、いきなり舌を差し入れる。和樹が戸惑った様子を見せたのは一瞬だけだ。すぐに舌を絡みつかせてくると、濃厚なディープキスへと発展する。たっぷりの唾液を交換して、互いの味を確かめ合った。

(これが和樹くんの味……)

紗和はうっとりとしながら、義弟の頭を掻き抱いた。両手の指を髪に絡みつかせて、より深く舌を吸い合った。

「ンンっ……」

鼻にかかった呻きが漏れる。口づけを交わすほどに身体の火照りが強くなり、下腹部に妖しい疼きがひろがっていく。

キスをしたまま、自然と腰が動きはじめる。どちらからともなく、結合部を中心に腰をゆらゆらと揺らしていた。大量の華蜜とカウパー汁で潤った二人の股間から、ニチャニチャと卑猥な音が響き渡った。

「か、和樹くん……」

ようやく唇を離し、濡れた瞳で義弟を見つめる。和樹も興奮した様子で紗和のことを見つめ返し、むっちりしたヒップを両手で抱えこんできた。

「義姉さんのことが好きなんだ」

ストレートな言葉が胸の奥に突き刺さる。いつもなら返答に困るような告白も、今は情感を高める愛撫になった。

「わたしたち、血は繋がっていないけれど姉弟なのよ」

建て前だけの言葉だと自分でもわかっている。肉体はとうに義弟を受け入れているのだ。そして、心も……。

「どうして今さらそんなこと言うんだよ」

和樹が尻肉に指を食いこませて、胡座をかいた膝を揺すりはじめる。深々と突き刺さったペニスがヌプヌプと蠢き、濡れそぼった膣壁を擦りあげた。

「あンっ……」

紗和の半開きになった唇から、思わず小さな声が溢れだす。乳房を擦りつけるように抱きつき、股間をしっかりと密着させた。

「すごく締まって気持ちいいよ。義姉さんのなか」

「いやらしいこと言わないで……」

甘くにらみつけるが、紗和の腰も動いている。義弟が男根を上下動させるのに合わせて、前後にゆっくりと揺らめかせていた。

義姉弟の欲情した息遣いが、深夜の露天風呂の空気を震わせる。気温は低いはずなのに、気持ちが燃えあがっているせいか寒さをまったく感じなかった。

「あっ……なんか……」

剛根で擦られている膣壁がじわっと熱くなる。紗和は義弟の首に腕を巻きつけたまま、頬を染めてうつむいた。

「なんか、なに？」

和樹がゆっくりと膝を揺らしながら尋ねてくる。男根がスローペースで出入りを繰り返し、膣壁をじりじりと擦りつづけていた。

「ンンっ……なんかまた……大きくなったみたい」

言い終わった途端に膣がギュウッと勝手に締まる。襞が太幹に絡みつき、奥に引きこむように蠕動をはじめていた。

「おっ、すごいよ。チ×ポが食いちぎられそうだ」

「ヤンっ、恥ずかしい……」

紗和は義弟に強く抱きつくと、腰をクイクイとしゃくりあげる。頭の片隅ではいけないと思いつつ、肉体はより強い刺激を求めていた。

「腰が動いてるよ。いやらしいね」

和樹も強くヒップを抱き寄せながら、耳もとでからかいの言葉を囁いてくる。そして膝の揺すり方を大きくして、女体を股間の上で弾ませるのだ。

「あっ……あっ……か、和樹くん」

切れぎれの喘ぎ声が溢れだし、黒髪がばらばらに乱れていた。

長大な肉柱がスライドすることで、敏感な膣粘膜が摩擦される。亀頭の先端がリズミカルに子宮口をノックするのもたまらない。紗和の性感はあっという間に追いあげられて、頭のなかがピンク色に染まっていった。

「気持ちいい？　ねえ、俺のチ×ポ、気持ちいい？」

和樹が息を弾ませながら尋ねてくる。もう自分の気持ちに嘘をつけなかった。紗和は義弟の首筋に顔を埋めたまま、コクコクと何度も頷いた。

「ああンっ……和樹くんの……い、いいっ」

「ううっ、義姉さんっ」

互いに呼び合いながら、激しく腰を振りたてていく。感情の昂ぶりが肉体を燃えあがらせて、快感をさらに上の段階へと昇華させる。対面座位で相手の体温を感じつつ、何度も唇を重ねて唾液を貪った。

「あッ……あぁッ……奥まで来てる」

紗和はあまりの愉悦に眉を八の字に歪めて、腰をねちねちと回転させた。

「くぅっ……また締まってきたよ」

和樹も苦しげにつぶやき、それでもパワフルに剛根を穿ちこんでくる。いよいよクライマックスが迫り、抽送は激しさを増していく。女体が大きくバウンドして、紗和は懸命に義弟の体にしがみついた。

「和樹くんっ、もうおかしくなりそうっ、あああッ」

「俺も、もう……くううっ」

「ああッ、いいっ、すごくいいのっ、感じるのっ」

もうなにも考えられなかった。ひたすら腰を振りまくり、一心不乱に快楽だけを求めていた。

「義姉さんっ、出すよ、出すよっ……ぬおおおおッ！」

「ひああッ、だ、ダメっ、あぁッ、いいっ、すごく感じるっ、ああッ、あああッ、イクっ、イックううッ！」

義弟に中出しされた瞬間、子宮が激しく痙攣して凄まじいまでのアクメに押しあげられる。がっしりした若い体にしがみつき、義理とはいえ弟のザーメンを受けとめる背徳感によがり狂った。

(こんなにすごいなんて……ああっ)

紗和は半開きの唇から涎を垂らしながら、膣内で脈動をつづける男根を意識的に締めつけた。

いっときの快楽に身をまかせて喘いでいる間は、嫌なことをなにもかも忘れることができる。その相手が、たとえ義弟だとしても……。

第五章　昼夜にみだれて

1

紗和は藤島屋の事務所で、宿泊予定表を眺めていた。

まだ昼の二時だというのに、疲れが出てきたのだろうか。夜の仕事の段取りを決めようと思うのだが集中力を欠いており、なかなか考えが纏まらなかった。

結い髪の後ろに手をやって、ほつれ毛をそっと直した。

この日は春を意識した淡い黄色地の着物に身を包んでいる。少しでも気持ちを明るくしたいとの思いから、元気が出そうな色合いを選んだ。しかし、胸の奥に深く刻みこまれた罪悪感まで消すことはできなかった。

大露天風呂で和樹に抱かれてから一週間が経っていた。

あの晩の出来事は、いまだに紗和の心を動揺させている。我を忘れて腰を振りたくり、義弟の体にしがみついて絶頂を貪ったのだ。あの気が狂いそうな快楽は、肉体だけではなく精神にまで影響を及ぼしていた。

目を閉じると、それだけで子宮の奥がジーンと熱くなってくる。義弟の息遣いを思いだし、股間に指を這わせたい衝動に駆られるのだ。

(いけないわ……しっかりしないと)

紗和は小さく頭を振ると、細く息を吐きだした。

事務所の奥では社長の義父と、女将の義母が事務作業をしている。夫が失踪していることで必要以上に気を遣わせていた。疲れているのは義父母も同じはずだ。これ以上、心配をかけるわけにはいかなかった。

夫の捜索を依頼した興信所からは、まだいっさい連絡が入っていない。これまでは夫を信じて待つことができた。しかし、いざ興信所に頼むと不思議なもので、不安が大きく膨らみはじめていた。

この二年間、気を張って生きてきたつもりだが、気づかないうちに疲弊していたらしい。人に頼ることを覚えて、懸命に隠してきた弱さが露呈した。元もと精神的に強いわけではなかったのだ。

「紗和さん、少し休みなさいな」

ふいに声をかけられて振り返ると、女将が心配そうな顔で見つめていた。その向こうでは、義父もやさしい笑みを浮かべている。そして、珍しく諭すような調子で語りかけてくるのだ。

「たまには早くあがりなさい。あとはわたしたちがやっておくから大丈夫だよ」

それ以上はなにも言わないが、義父の顔には「息子のせいですまない」と書いてあるようだった。

義父母の心遣いはありがたいが、若女将の紗和がこんなに早い時間にあがるわけにはいかない。仲居たちにも示しがつかなくなってしまう。

「でも、まだ仕事が……」

丁重に断ろうとしたとき、フロントの向こう側にお客様らしき人影が見えた。

急いで事務所から出た途端、紗和は言葉を失ってしまった。そこにはスーツ姿の倉澤が立っていたのだ。

「やあ、久しぶり」

いつもの調子で軽く右手をあげてくるが、若干表情が硬かった。

それもそのはず、携帯電話を何度も鳴らされたが紗和は一度も出ていないのだ。顔を合わせるのは離れの個室での情事以来だった。

夫以外の男性と、もう決して過ちを犯してはならないと決意していた。だが、迫られれば、きっと押し切られてしまう。だから電話に出なかったのだ。

「もしかして、迷惑だったかな」

倉澤が冗談混じりに、しかし少し不安そうに尋ねてくる。避けられている理由もわかっているのだろう。

「あ……あの……」

紗和が答えあぐねて立ちつくしていると、義母が事務所から顔を出した。

「まあ、倉澤さま。いらっしゃいませ」

女将はあらたまった様子で頭をさげて、にっこりと微笑みかける。さっそく離れに案内しそうな勢いだ。倉澤に融資をしてもらったお陰で、藤島屋は窮地を脱することができたのだ。義母が気を遣うのは当然のことだった。

「あ、今日は紗和さんとお話がしたかっただけなんです。少しだけお時間いただけないでしょうか」

「それはもちろんです。若女将も今日はもうあがるところだったんですよ」

倉澤と義母は、紗和を差し置いて勝手に話を進めていく。いつの間にか、本日の紗和の仕事はもう終わったことになっていた。

「それはちょうどよかった。紗和さん、少しドライブしませんか」

「え……」

あまりにも急な展開に戸惑ってしまう。それに義母の手前、男性と二人で出かけるのは憚られる。失踪中とはいえ、孝志という歴《れっき》とした夫がいるのだから。

「いいじゃない。紗和さん、行ってらっしゃいな」

だが、なぜか義母は乗り気だった。

倉澤に恩義を感じていることもあるだろうが、紗和がストレスを溜めこんでいて、気晴らしが必要だと思っているのかもしれない。早々に倉澤に向かって「お願いします」などと頭までさげていた。

「お義母《かあ》さま……」

紗和は困り果てて、助けを求めるように囁きかける。このままでは、不貞を働いた相手と二人きりのドライブに出かけることになってしまう。だが、女将にそんなことを説明できるはずがなかった。

「たまには楽しんできなさいな。仕事のほうは心配しなくても大丈夫よ。今日はそのままあがっていいから」

義母は小声で耳打ちしてくると、目配せをして紗和の背中をそっと押した。

ここで頑《かたく》なに拒否するのは却って不自然だ。倉澤との関係を義母に気づかれるわけにはいかない。もしドライブ中に迫られたときは、強い意志を持って拒絶するしかなかった。

「では、紗和さん。行きましょうか」

倉澤にエスコートされて、紗和は藤島屋をあとにした。

滑るように走りだした左ハンドルの大型セダンは、まるでドライブコースを決めていたかのようにスカイラインへと向かった。

紗和は助手席でうつむいている。着物の膝の上で重ねた自分の手を見つめて、倉澤の誘いをどうやって断るかばかりを考えていた。

強引に肩を抱かれてキスをされたら、また流されてしまうのではないか。自分の弱さを自覚しているだけに、そんな危惧を抱いていた。

「すまなかった……」

黙ってハンドルを握っていた倉澤が、ふいに沈黙を破った。驚いて運転席を見やると、彼はフロントガラスを見つめたまま言葉をつづけた。

「キミのことを困らせるつもりはなかったんだ」

紗和はどう返答すればいいのかわからず口籠《くちご》もってしまう。すると倉澤がアクセルを踏みこみながら、熱い想いをぶつけてきた。

「でも、これだけは信じてほしい。僕は紗和さんのことを真剣に考えているんだ」

真摯《しんし》な言葉が、すっと心に入りこんでくる。夫の行方がわからず精神的に不安定になっているせいもあるだろう。だが、倉澤の気持ちが伝わってきて、紗和の心は大きく揺さぶられた。

「倉澤さん……」

緊張しながら呼びかけるが、ほとんど声が出ていない。車の走行音に掻き消されそうだったが、それでも倉澤は聞き逃すことなく反応してくれた。

「電話に出なかったこと、謝ります。もう、どうしたらいいのか……」

最後のほうはさらに声が小さくなってしまう。

倉澤が精神的な支えになってくれた部分は確かにある。それなのに、自分の都合で電話に出なかったのは不誠実すぎると反省していた。

「謝ることはないよ。紗和さんの気持ちを考えれば、僕が待つべきだったんだ。でも、どうしても声が聞きたくてね」

「声……ですか？」

思わず小首をかしげて聞き返す。前方を見つめる倉澤の横顔には、自嘲的な笑みが浮かんでいた。

「高校生みたいだって笑うかい？」

「い、いえ……そんなことは……」

「笑ってくれたほうが気が楽なんだけどな。自分でも驚いてるんだ。この歳になって、こんなに人のことを好きになるなんてね」

助手席にちらりと向けてきた倉澤の目は、少年のように純粋そのものだった。

だから、紗和の胸は一瞬にして高鳴ってしまう。外食産業の寵児とまで言われている若手社長も、本当は孤独なのだろう。これほどリラックスした顔は、紗和と二人きりのときにしか見せないのだ。

紗和は目もとの火照りに気づかれないよう、景色を眺める振りをしてサイドガラスに顔を向けた。

緑が芽吹きはじめた木々が、春の訪れを予感させる。

そろそろ杏《あんず》の花が咲くかもしれない。信州では桜より先に杏が開花する。毎年、あの白い花を見ると、長い冬が明けたと実感するのだ。

車はスカイラインを軽快に飛ばしている。午後の柔らかな日射しのなか、緩やかな坂道を気持ちよく走っていた。

思えば、こんな時間にプライベートで外出するのは久しぶりだった。

藤島屋に嫁いでからというもの、目まぐるしい日々を送ってきた。若女将の仕事をこなすので精いっぱいで、なにかを楽しむ余裕などなかった。とくに夫が失踪してからの二年間は、悲しみを忘れようと仕事に没頭してきた。

だが、夫を待ちつづけるのも限界だった。興信所からも連絡がなく、不安ばかりが募っていた。

ふいに車がスピードを落として脇道に入っていく。そこは舗装のされていない林道だった。対向車が来たら、すれ違うのに苦労しそうな道幅だ。もっとも滅多に車は通りそうになかった。

低速で進んでいくほどに、頭上に木々が生い茂ってくる。枝葉の間から落ちてくる日の光が、筋となってあたりを照らしていた。

（どこに向かっているのかしら？）

なにやら声をかけにくい雰囲気が漂っている。すると倉澤は当然のように、林道の少し広くなっている場所に大型セダンを停車させた。

車から降りた倉澤が、助手席側にまわりこんでくる。そして恭《うやうや》しい態度でドアを開けると、手を差しだしてきた。

「少し歩こうか。気分転換になるよ」

口調こそいつもどおりだが、どこか強要するような響きが感じられる。紗和は彼の手を借りて、土が剥きだしの路面に草履《ぞうり》でそっと降り立った。

「足もとに気をつけて」

倉澤に手を引かれて歩きはじめる。着物の紗和に合わせているのだろう。ゆっくりとした歩調で、林道から逸れて林のなかに入りこむ。そして雑草と小石で歩きにくい場所を、少しずつ奥へと進んでいく。

木漏れ日は差しこんでいるが、枝葉が張りだしているので薄暗くなってきた。紗和は少し心細くなり、握られている手にそっと力をこめてみた。

「あの……どちらへ？」

黙っていられず、恐るおそる尋ねてみる。背後を振り返ると、すでに林道からずいぶん離れていた。

「ここでいいかな……」

倉澤はひとりごとのようにつぶやくと、紗和の手を引き寄せる。そして、強引に抱擁して、いきなり唇を奪ってきた。

「あっ……はンン」

紗和は一瞬身を硬くしたが、驚いただけで抵抗しようとは思わなかった。

スーツの胸板に両手を添えて、顔を上向かせて睫毛を伏せる。そっと唇を半開きにすると、ぶ厚い舌がヌルリと入りこんできた。

「ンふぅっ……」

溜め息にも似た鼻息を漏らしながら、遠慮がちに舌を絡みつかせる。すると倉澤もますます強く抱き締めてきた。

(あったかい……)

不思議なことに迷いはなかった。

誰かに頼りたかったのかもしれない。こうして抱かれていると、胸の奥に安堵感が湧きあがってくる。もう支えなしでは立っていられないほど、紗和の心は倉澤に依存していた。先ほどまで、倉澤に迫られたらどう断ろうかと考えていたのが、嘘のようだった。

「倉澤さん……はうンンっ」

舌を強く吸いあげられて、頭の芯がジーンと痺れてくる。

唇を重ねたまま、着物の背中を大木に押しつけられた。さらに、お互いの舌をしゃぶり合い、唾液をたっぷりと交換する。送りこまれてくる唾液を飲みくだし、紗和も自分の唾液を口移しした。

倉澤の手が着物の上から胸を撫でる。そして、衿もとを強引に開きはじめた。

「まさか……ここで？」

「今すぐキミが欲しいんだ。いやかい？」

ディープキスで蕩けた頭に、倉澤のバリトンボイスが甘く響き渡る。紗和は返事をする代わりに、そっと瞳を閉じていった。

おそらく、最初からこうするつもりで藤島屋を訪れたのだろう。ドライブコースも林道も、そしてこの場所も下見をしていたのかもしれない。振り返ってみると、すべてがあまりにもスムーズだった。

だが、それがわかっても、まったく嫌な気はしない。むしろ、それだけ強く求められているように思えて、女としての悦びが湧きあがってくるのだ。

「自然のなかで素直な気持ちになって、紗和さんと愛し合いたかったんだ」

倉澤の大きな手が、着物の衿もとを大きく開く。白い胸の谷間が覗き、たっぷりとした双乳が剝きだしになった。先端で揺れる乳首はディープキスだけで期待に尖り勃《た》ち、すでにピンク色を濃くしていた。

「は、恥ずかしいです……」

春になったとはいえ、信州の山はまだまだ冷える。だが寒さを感じる前に、倉澤の大きな手が双つの乳房を包みこんだ。

「ああンっ……」

軽く揉まれただけで、鼻にかかった声が溢れだす。すっかり身体が敏感になり、ほんの少しの愛撫で反応するようになってしまった。

「強引なんですね……ンンっ」

「こうでもしないと、紗和さんは応えてくれないだろう?」

倉澤は自分の行動を正当化するように、堂々と胸を張って答えた。

そして、乳首を指の間に挟みこんで、左右の乳房を揉みしだいてくる。木々の間から差しこむ日の光が、男の手で形を変える柔肉を照らしだしていた。硬くなった乳首を刺激されるたび、大木に寄りかかった身体がヒクッと小さく跳ねあがった。

「あンっ……外でこんなこと……」

紗和は欲情に潤んだ瞳で周囲を見まわし、身体の芯が熱くなるのを感じた。

露天風呂で破廉恥な行為に耽るのとは違う。ここは遮る物がいっさいない完全な屋外なのだ。意識すると羞恥がこみあげてくるが、同時に全身の感度もあがっていくような気がした。

倉澤の右手が下半身へとさがっていく。着物の上から腰を撫でまわし、前にまわって裾を割ってきた。

「ああっ……」

臑《すね》から膝にかけてが露わになり、足袋のつま先をきゅっと内側に折り曲げる。裾はさらに大胆に開かれて、むっちりした太腿がなかほどまで剥きだしになった。

「やっぱり、恥ずかしいです」

「すごく綺麗だよ。おっぱいも、脚も」

倉澤は真剣な顔で囁いてくると、いきなり乳房に唇を寄せてきた。硬くなった乳首を口に含み、舌をヌルヌルと這いまわらせてくる。それと同時に太腿をいやらしい手つきで撫でまわすのだ。

「あっ……ンンっ」

唾液を塗りこめられた乳首はさらに尖り勃ち、冷たい外気に触れてさらに感度を増していく。左右同じように舐めしゃぶられて、双乳の頂点はヌラヌラと卑猥な光を放ちはじめた。

倉澤がその場にしゃがみこみ、いよいよ着物の裾を上まで左右に開いてしまう。脂の乗った太腿はもちろん、恥丘に茂る漆黒の陰毛が木漏れ日に照らしだされた。

「いつ見ても、紗和さんのここの毛は濃いんだね」

恥毛にフーッと息を吹きかけられ、それだけで背筋がゾクッとするような妖しい感覚がひろがった。

「そんなに見られたら……」

「恥ずかしい？　でも、見ないと気持ちよくしてあげられないよ」

倉澤は強引に足を肩幅に開かせると、鼻先を恥丘に擦りつけるようにして、淫裂に唇を押しつけてきた。

「ああっ、そんな、いきなり……はンンっ」

敏感な割れ目をヌルリと舐めあげられて、膝がガクガクと震えだす。鮮烈な快感が股間から全身へと波及し、目の前の景色がピンク色に染まっていく。腰が落ちそうになり、慌てて背中を大木に押しつけた。

「濡れてるじゃないか。期待してたんだろう」

「あっ……そこ……ああっ」

開発された身体は、いとも簡単に感じてしまう。陰唇をひと舐めされるたび、今にも昇り詰めそうな痙攣が走り抜けた。

「ほら、もっと感じていいんだよ。僕の舌で感じるんだ」

倉澤は溢れだす蜜を舌で掬いあげて、嬉しそうに飲みくだす。恥ずかしくてならないが、華蜜の分泌をとめることはできない。割れ目を舌先でくすぐられるたび、膣の奥から新たな蜜汁が染みだしてくるのだ。

「あっ……あっ……いや、倉澤さん」

「イキたくなってきただろう。林のなかで、このままイッてみるか？」

「そ、そんなこと……ああンっ」

クリトリスを舐めまわされると、膝がくずおれそうになってしまう。気づいたときには、がに股のようになり倉澤の口に股間を押しつけていた。

「そんな格好になって……意外と大胆なんだね。もっと舐めてほしいのかな」

「あンっ、いやです……そこは、ああっ」

硬くなった肉芽を集中的に舐めまわされて、思わず倉澤の頭に両手をまわす。彼の髪を掻き乱し、気づいたときには自ら股間を突きだしていた。

「だ、ダメ、もうおかしくなりそうっ」

「いつでもイッていいんだよ。クリがいいんだろう」

倉澤はクリトリスを口に含み、思いきり吸引する。それと同時に、膣に指を挿入されると、凄まじいまでの快感が突き抜けた。

「あああッ、い、いいっ、ああッ、もうダメぇっ、ンあああああッ！」

頭のなかが真っ白になり、倉澤の口に股間を強く押しつける。腰が激しく震えたかと思うと、プシャアアッと透明な汁が迸った。

「すごいね。潮を噴くほど気持ちよかったんだ」

倉澤が濡れた顔面を手で拭《ぬぐ》いながら笑いかけてくる。

立ったままのクンニリングスで、潮まで噴いて絶頂に導かれてしまったのだ。紗和は背中を大木に預けて、その場にズルズルとしゃがみこんだ。

（外なのに……わたし……）

潤んだ視線を上空に向けると、緑の葉を縫って昼間の陽光が降り注いでいた。

倉澤のペースに乗せられて、日中の野外であっという間にイカされてしまった。軽い後悔の念が湧きあがるが、快楽の余韻がすべてを押し流していく。全身にひろがる気怠い愉悦が、疲れきった心を癒やしてくれるようだった。

「今度は僕を気持ちよくしてくれるかい？」

立ちあがった倉澤が目の前に迫ってきた。スラックスの股間から、いきり勃ったペニスが剝きだしになっている。紗和はしゃがみこんだままなので、鼻先に突きつけられる格好だ。

（ああ、この匂い……）

亀頭の先端は先走り液で濡れ光っており、精力の強さを誇示するように濃厚な牡臭を撒き散らしていた。紗和は無意識のうちに深呼吸すると、野性的な匂いを肺いっぱいに吸いこんだ。

（欲しい……）

そう思ってしまうのは、女なら仕方のないことだった。

強い牡に組み敷かれたい。身も心も支配されたい。男らしく力ずくで奪ってほしい。三十路の熟れた媚肉が、逞しい男根を求めていた。

「おしゃぶりするんだ」

倉澤が低い声で命じてくる。拒絶することを許さない力強い口調だ。

「ああ、倉澤さん……」

命じられなくても、もう躊躇《ちゅうちょ》することはない。紗和の唇から漏れたのは、強い牡に媚《こ》びるような牝《めす》の声だった。

瞳をとろんと潤ませて、両手をそっと前に伸ばす。そして倉澤の尻にまわしこんで抱き寄せると、破裂しそうなほど張りつめた亀頭に唇を被せていった。

「おむうう……」

巨大な肉の塊を口に含んだ途端、男の匂いが鼻に抜けていく。うっとりしながら、唇で太幹を甘く締めつけた。

「おお……気持ちいいよ」

倉澤が唸るようにつぶやき、口内のペニスがさらに硬度を増すのがわかった。紗和は嬉しくなり、唇を少しずつ滑らせて男根を呑みこみはじめた。

「ン……ンン……」

着物を乱して乳房を露出させたままのフェラチオだ。裾も大きく割れており、むっちりした太腿と股間の翳《かげ》りも覗いている。老舗温泉旅館の若女将が、林のなかで夫以外の男のペニスをしゃぶっているのだ。

(許してください……わたし、もう我慢できないんです……)

心に思い浮かべたのは、もちろん夫の顔だった。

いけないことをしている自覚はある。だが、拒絶することはできない。この男根がもたらしてくれる快楽を、嫌というほど思い知らされているから……。

「もっと奥まで呑みこんでごらん」

「あふっ……うンンっ」

言われるままに巨大な亀頭を喉の奥まで迎え入れる。むせ返りそうになって涙が滲むが、それでも吐きだそうとは思わない。息苦しさもやがて快感に変化するとわかっている。できることなら、ずっと咥えていたいくらいだった。

誰かに見られるかもしれない屋外でのフェラチオに耽っていく。こうして男根をしゃぶっていると、不安から解放されるような気がする。まるで麻薬のように、危険と背徳感に満ちた行為だった。

（太くて、硬くて……ああっ）

唇に感じる熱さが、紗和の女の部分を刺激する。半分閉じかけている瞳で見あげると、倉澤が鼻息を荒げながら見おろしていた。

「ンふぅっ……」

視線を絡みつかせたまま、口内の亀頭を舐めまわす。カリの周囲にぐるりと舌を這わせて、太幹を唇でキュッと締めつける。そして頬を窪ませながら、ジュルルッと肉柱を強烈に吸いあげた。

「くぅっ……す、すごい」

倉澤の顔が快感に歪んでいくのを見ながら、頭をゆっくり振りはじめる。唾液まみれになった肉竿を、唇でヌルヌルとしごきあげるのだ。先端から透明な汁が滾々と溢れて、男の匂いがますます濃くなっていった。

「ずいぶんフェラが上手くなったね……ううっ、チ×ポが蕩けそうだ」

いやらしい言葉でからかわれると、なおのこと卑猥な気分が盛りあがる。紗和は夢中になって、そそり勃つ肉柱をしゃぶりまくった。

「ンっ……あふっ……ンンっ」

両手を男の尻にまわし、頭をテンポよく振りたてる。このまま口に出されてもかまわない。粘性の高い精液を流しこまれて、それを飲みくだすことを想像するだけで濡れてくる。射精を誘うように、男根を思いきり吸引した。

「くおっ……さ、紗和さんっ」

それまで黙ってしゃぶらせていた倉澤が、切羽詰まった声を漏らして腰を引く。それでも紗和はペニスを離さず、男の股間に顔を埋めていた。

「ちょ、ちょっと……くううっ」

倉澤は慌てたように紗和の頭をがっしりと摑み、唾液まみれの男根を力まかせにズルリと引き抜いてしまった。

「ああンっ……どうして？」

思わず不満そうにつぶやくと、倉澤が苦笑を漏らして手を差し伸べてくる。手を引かれて立ちあがり、再び大木に背中を預ける格好になった。

「紗和さんのなかに出したいんだ。いいだろう？」

倉澤にじっと見つめられて、露出している乳房を揉みしだかれる。手のひらで乳首を転がされると、思わず甘い溜め息が溢れだした。

「あふぅっ……ここで、ですか？」

そう尋ねた時点で、半分は了承したようなものだ。紗和は期待に胸を喘がせながら、媚《こび》を含んだ瞳で見つめていた。

「今すぐしたいんだ。紗和さんもそうなんだろう？」

倉澤の右手が下半身に伸びてくる。そして着物の裾を割り、いきなり左脚を脇に抱えあげた。

「あっ……な、なにを？」

右脚一本で立っている状態になり、股間が大きく開いている。着物も捲れあがって、恥丘に茂る陰毛を木漏れ日が照らしていた。

倉澤がぐっと体を寄せてくる。スラックスの股間から剝きだしになっている男根は、唾液とカウパー汁で妖しくヌメ光っていた。

「あンっ……」

ペニスの先端が淫裂にあてがわれて、思わず甘い声が溢れだす。貫かれるのを覚悟するが、亀頭は割れ目をなぞるだけで侵入してくる様子がなかった。

「あ……あ……」

クンニリングスされたうえに、フェラチオをしたことでさらに濡れ方が激しくなっている。そこを熱い肉の塊でねちねちと擦られるのだからたまらない。だが、それ以上の刺激は与えてもらえないのだ。

紗和は眉を情けない八の字に歪めて、後ろ手に大木を摑んでいた。下唇を小さく噛み、羞恥と焦燥、そして期待をこめた瞳で見あげていく。

「欲しいんだろう？」

倉澤は唇の端に笑みを浮かべて問いかけてくる。その間も、焦らすように亀頭で淫裂をなぞりつづけていた。

「やンンっ……意地悪です」

「どうしたいのか言うんだ。はっきり口にすれば、なんでも与えてあげるよ」

自信たっぷりな言葉だった。紗和がなにを欲しているのかわかっていながら、わざと微妙な刺激を送りこんでくるのだ。

「これが欲しいんじゃないのか？」

倉澤が軽く腰を揺すり、亀頭の先端で膣口を圧迫してくる。たったそれだけで蕩けそうな快感がこみあげ、紗和は切なげに腰を捩らせた。

「ああンっ、倉澤さん……」

「言わないとわからないだろう。ほら、なにが欲しいのか言うんだ」

あくまでも言わせるつもりらしい。陰唇は半ば押し開かれているのに、それ以上は決してペニスを挿入しようとしなかった。

「も、もうダメ……ほ……欲しい……ああっ、欲しいです」

紗和は涙を浮かべながら、ついに恥ずかしいおねだりをした。このまま焦らされつづけたら、頭がおかしくなってしまいそうだった。だが、倉澤は亀頭で膣口を嬲《なぶ》るだけで、まだ挿入してくれないのだ。

「ンンっ……は、早く……」

「まだダメだな。なにが欲しいのか、はっきり言うんだ」

いったいどこまで辱《はずかし》めれば気が済むのだろう。紗和が我慢しきれなくなっているのを知っていながら、倉澤は意地の悪い言葉を投げかけてきた。

「ひどいです……ああンっ、これです」

紗和は腰を揺すって、陰唇を亀頭に擦りつける。クチュクチュと卑猥な水音が響いて、静かな林の空気を震わせた。

「チ×ポだろう。ほら、これを挿《い》れたいんだろう？」

倉澤が亀頭を半分ほど埋めこみ、腰をねっとりと回転させてくる。膣口ばかりが刺激されて、余計にもどかしさが募っていく。もう限界だった。

「ああっ、挿れてください……お、おチ×ポが欲しいっ」

口にした途端に顔がカッと熱くなる。激烈な羞恥がこみあげてくるが、その直後に巨大な男根が媚肉を掻きわけるように埋めこまれた。

「ンあああッ……！」

挿入されただけで軽い絶頂に達してしまう。焦らされつづけたことで、蜜壺は異常なほど過敏になっていた。

（や、やだ……わたし……）

膣襞が勝手にザワめいて、男根をきつく食い締めている。女壺全体が卑猥に蠢き、肉柱を奥へ奥へ導こうとしていた。

「挿れられただけでイッたのか。紗和さんがこんなに好き者だったとはね」

倉澤は股間をぴったり密着させてペニスを根元まで押しこむと、またしてもからかうような言葉をかけてくる。そうやって苛めることで、嗜虐《しぎゃく》欲を滾らせているのだろう。その証拠にただでさえ巨大な男根が、紗和のなかで容積を増していた。

「由緒ある藤島屋の若女将なのに、青姦《あおかん》で興奮してるのか？」

「やンっ……いやらしいこと言わないでください」

小声で抗議すると、倉澤が腰をゆっくり引いていく。ペニスが抜け落ちそうになり、紗和は慌ててがっしりした腰に両手をまわした。

「ま、待って……」

「どうかしたのかい？」

倉澤は余裕の表情で、腰をねちねちと揺らしている。亀頭が膣の浅瀬を掻きまわし、焦れるような快感ばかりが膨らんでいた。

「もっと……」

上目遣いに見つめながら、倉澤の腰をゆっくり引き寄せる。長大な男根がズブズブと入りこんできて、濡れそぼった膣壁が摩擦された。

「あうンンっ……も、もっと……」

「もっとなんだい？」

紗和の好きにさせながらも、倉澤は自分から動こうとしない。いやらしい笑みを浮かべて、じっとりと見おろしていた。

「奥まで……もっと奥まで挿れてください……」

羞恥のあまり気が遠くなりそうだった。夫以外のペニスで貫かれることを望み、腰をくねらせておねだりしているのだ。はしたないことをしていると思っても、燃えあがった肉体を無視することはできなかった。

「じゃあ、いくよ」

倉澤は左脚をしっかり脇に抱え直すと、腰をグイッとばかりに突きあげてきた。

「あああッ……」

ペニスがより深く食いこみ、亀頭の先端が子宮口を圧迫する。身体が浮きあがりかけて、草履を履いた右足がつま先立ちになった。奥に溜まっていた華蜜がプシャッと噴きだし、ようやく与えられた突きこみが凄まじい快感を生みだした。

「あうッ……お、奥が……」

「気持ちいいだろう？　もっと奥を突いてあげるよ」

長大なペニスを根元まで埋めこんだ状態で、身体をゆったりと揺さぶられる。膣道が限界まで膨らんだまま、子宮口を亀頭の先端でゴリゴリと擦られるのだ。

「ひッ……ひああッ……当たってますっ」

今にも子宮を突き破られそうな快感は強烈で、半開きになった唇から獣じみたよがり啼《な》きが噴きこぼれた。

「紗和さん……僕は本気でキミのことを……」

倉澤が男根を抜き差ししながら語りかけてくる。先ほどまでの意地悪な様子から一転して、妙に真剣な表情になっていた。

「いっしょに暮らしてくれないか」

「そ、それって……ああッ」

胸の高鳴りを覚えながらも、子宮口を圧迫される愉悦に身を捩る。剝きだしの乳房が揺れてしまうのが恥ずかしい。それでも、あまりにも快感が大きくて、じっとしていられなかった。

「仕事をつづけたいのなら、紗和さんの意思を尊重するつもりだ。藤島屋の若女将のままでいてもらってかまわない。だから、僕と……」

「ああンっ、倉澤さんっ」

紗和は言葉を遮るように、倉澤の首に両腕をまわした。

最後まで聞くべきではないと思った。倉澤はプロポーズしているのだ。正直なところ、心が揺れているのは事実だ。だが、今の紗和に明確な答えを出すことはできなかった。

倉澤の人柄はわかっている。いっしょになれば、きっと幸せな家庭を築けることだろう。でも、まだ夫を信じたい気持ちが残っていた。

「もっと……もっと突いてください」

卑猥なおねだりをしながら、心のなかで謝罪する。真摯な気持ちを踏みにじるようで心苦しかった。

「フッ……わかったよ。我慢できなくなったんだね」

倉澤はすべてを悟ってくれたのかもしれない。ほんの一瞬、自嘲的な笑みを浮かべると、男根をさらに深く抉りこませてきた。

「あうぅッ……」

鮮烈な感覚が突き抜けて、下腹部全体が熱くなる。時間が経つほどに愛蜜の量が増し、たまらず乳房を押しつけるように抱きついた。

「おおっ、締まってきた。やっぱり奥が感じるのか」

倉澤も気持ちよさそうな声を漏らしながら、腰を力強く振りはじめる。剛根を突きあげるように膝も使い、鋭角的に張りだしたカリを遠慮なく擦りつけてきた。

「そんなにされたら……ああッ」

「奥を突いてほしいんだろう。たっぷり感じさせてあげるよ」

「あッ……あッ……奥ばっかり……」

子宮口の近くを重点的に責められて、重苦しい快感が湧きあがる。膣の深い場所で感じる愉悦は、瞬く間に成長して全身の隅々にまで伝わった。

「ほら、当たってるのわかるかい？　ここがいいんだね」

「あ、当たってます……あッ……ああッ、そこ……」

もう喘ぎ声をとめることはできない。昼の陽光が枝葉の間から降り注ぐ林のなかで、大木にもたれて快楽に溺れていく。蜜壺から湿った音が響き渡るのも、卑猥な気分を盛りあげるのに一役買っていた。

倉澤も昂ぶっているのか、腰の振り方が大きくなる。亀頭が抜け落ちる寸前まで引くと、一気に根元まで叩きこむのだ。なにしろ長大なので、一往復されただけでも強烈な快感がひろがった。

「ああッ、もうダメです、倉澤さんっ」

「くっ……そんなに締めつけられたら、僕も我慢できなくなるよ」

立位で腰を振り合いながら、二人同時に昇りはじめる。肉体の相性がいいのか、互いの興奮が手に取るようにわかった。

「あッ……あッ……も、もうっ」

紗和が上擦った声で訴えれば、倉澤はそれに応えるように腰をより激しく振りたてる。熱い想いが伝わるピストンだ。紗和は膣襞をザワめかせて、太すぎる男根をギリギリと締めあげた。

「くおっ、なかに出すよっ、ううっ、紗和さんっ！」

倉澤はペニスを根元まで叩きこむと、名前を叫びながら欲望を解き放った。

「ああッ、熱いっ、熱いのっ、火傷《やけど》しちゃうっ、ああッ、こんなにたくさん、もうダメっ、イキそうっ、あああッ、イクっ、イクイクううッ！」

中出しされると同時に、紗和も片脚立ちの姿勢でアクメに昇り詰めていく。倉澤の首にしがみつき、膣内に注ぎこまれる熱い粘液の感触に身をゆだねた。

（ああ……やっぱりすごい……）

紗和はうっとりしながら瞳を閉じていった。そして、いつまでもつづく倉澤の脈動を膣で感じていた。

熟れた肉体は完全に快楽に溺れている。

その一方で、胸の奥にはやりきれない思いが燻《くすぶ》っていた。

愛していたはずの夫のことが、徐々に心から消えつつあるような気がする。そんな自分の心情が恐ろしくてならなかった。

2

林のなかで快楽を貪り合った後、倉澤がよく行くというフランス料理の店でディナーをご馳走になった。

いつかのように自宅に誘われるかと思ったが、夜の九時前には家に送り届けてくれた。倉澤は疲れきっている紗和を気遣ってくれたのだ。

義母と義父はまだ帰宅していなかった。今日はすべてをまかせているので、旅館から帰ってくるのは深夜の十二時を過ぎるだろう。

今夜は義父母の厚意に甘えて、早めに休ませてもらうことにした。

もし倒れたりしたら、それこそ迷惑をかけることになる。身も心も、とうの昔に限界を超えていた。肉体は軋《きし》み、精神は悲鳴をあげている。とにかく休養を取らなければ、そのうち大きなミスを犯しかねなかった。

シャワーを浴びる前に、いったん寝室に入る。着物を脱いで部屋着に着替えてから、バスルームに向かうのが習慣だった。

淡い黄色地の着物を脱ぎ、白い長襦袢と足袋だけになる。そして腰紐《こしひも》に手をかけたまさにそのとき、なんの前触れもなく寝室のドアが勢いよく開いた。

「なっ……」

紗和は肩をビクッとすくませて、思わずあげそうになった悲鳴を呑みこんだ。

そこに立っていたのは和樹だった。ノックもしないでドアを開けておきながら、まったく悪びれた様子もなく寝室に入ってきた。

グレーのスウェットの上下を着ているところからすると、今日の帰宅はずいぶん早かったらしい。まさか義弟がこんな時間に帰っているとは思わず、紗和は玄関から寝室に直行していた。

「か、和樹くん、今夜は早かったのね」

無意識のうちに、長襦袢の胸もとを両手で覆った。

「たまには早く帰れることもあるさ」

和樹の口調はどこかぶっきらぼうだ。なぜか不機嫌そうな顔で後ろ手にドアを閉めて、じりじりと迫ってきた。

「そんなことより、こんな時間までどこに行ってたんだよ」

「え……そ、それは……今は着替えてるから……」

林のなかでの情事を思いだして赤面する。しどろもどろになりながら、気圧されるようにあとずさった。

「仲居に聞いたよ。今日は早くあがったんだってね」

どうやら、帰宅してから藤島屋に顔を出したらしい。そのときに仲居から聞いたのだろう。

「あ……あとで話しましょう」

嫌な予感がした。和樹はまだ若く直情的なところがあり、熱い想いを暴走させることがある。見るからに危険な状態だった。

膝の裏がダブルベッドの縁に当たり、白いシーツに尻餅をついてしまう。

「ほら……」

和樹はすぐ目の前まで歩み寄ると、手に持っていた物をベッドの上に放り投げた。

「きゃっ……」

それを見やり、今度こそ小さな悲鳴が溢れだす。座っている紗和のすぐ横に、義弟が投げた二つの物体が転がっていた。

ひとつはうずらの卵のような形をしており、もうひとつは明らかに男根を模《も》したおぞましい物体だ。どちらもシリコン製だろうか。どぎついショッキングピンクで、表面が濡れたようにヌメ光っていた。

「こ、これ……なに？」

視線を義弟に戻したとき、紗和はまたしても悲鳴をあげそうになった。

和樹がスウェットを脱ぎ捨てて、ボクサーブリーフをおろそうとしている。なにを考えているのか、紗和の目の前で裸になろうとしているのだ。

「やっ……なにをしているの？」

「なにって決まってるだろう。服を脱いでるんだよ」

下着をおろした途端、屹立《きつりつ》した男根がブルンッと鎌首《かまくび》を振って剝きだしになる。すでに興奮状態で、カリが鋭く張りだしていた。

「まさか……じょ、冗談よね？」

情けないほど声が震えてしまう。尋ねるまでもなく、和樹が本気なのは目を見ればわかった。

紗和の顔からは血の気が引いて、まるで紙のように白くなっていた。ここは夫婦が愛を確認し合うための寝室だ。その神聖であるべき部屋で、義弟がペニスを見せつけるように揺らしていた。

もう二度と過ちを犯してはならない。そう思ってきたのに、あろうことか夫の思い出が色濃く残る寝室で迫られているのだ。

（どうして、こんなことに……）

紗和は困惑してサイドテーブルに置かれたフォトスタンドに視線を向けた。

そこには結婚式の写真が飾られている。タキシード姿の孝志が照れ臭そうに微笑んでいた。

夫婦の寝室で義弟に身体を許してしまうと、本当の意味で夫を裏切ることになるような気がする。取り返しのつかない領域に踏みこむようで、さすがに受け入れるわけにはいかなかった。

「着替えてから話しましょう。だから、和樹くんも服を……」

拒絶の意志を示すように、長襦袢の衿もとをしっかりと掻き合わせる。だが、義弟の心には届いていないようだった。

「知ってるんだぞ。倉澤の車で出かけたんだろ」

それも仲居に聞いたのだろう。和樹の顔にはあからさまに怒りが滲んでいた。

藤島屋の正面玄関で倉澤の車に乗ったのだから、誰に見られていてもおかしくはない。だが、あのときは身体を重ねるつもりなど微塵もなかったのだ。

さらに和樹が迫ってくる。のけ反った弾みで、背後についていた手がピンク色の妖しい物体にぶつかった。

「やっ……」

反射的に手を引いたときには、義弟が覆い被さる勢いで見おろしていた。

「それはローターとバイブさ。名前くらい聞いたことあるだろう？　義姉《ねえ》さんのために用意したんだよ」

聞くのは初めてだが、その形と雰囲気から淫らなことに使う道具だというのは想像がつく。こんな物まで用意して、義弟がしようとしていることは……。

「アイツより俺のほうが、もっと義姉さんを気持ちよくしてあげられるんだ」

和樹が長襦袢の肩を摑み、ベッドに押し倒しながら馬乗りになってきた。足袋を穿いた足をベッドの下に垂らした状態で、腰の上にまたがられたのだ。

「か、和樹くん、落ち着いて」

夫と眠るはずのダブルベッドに、義弟といっしょにあがっている。それだけでも信じられないのに、彼は剝きだしのペニスをいきり勃たせていた。

慌てて説得しようとするが、興奮しきっている義弟をとめることはできない。あっという間に腰紐を解かれて、長襦袢の前を大きくはだけられた。

「あぁっ……」

豊満な乳房が露わになり、絶望的な声が溢れだす。長襦袢の衿を搔き合わせようとするが、その手を乱暴に払われてしまった。

「義姉さんのことを一番想ってるのは俺だ。そのことを証明してやる」

和樹は興奮気味に捲したてると、いきなり双乳を鷲摑みにしてくる。そして柔肉に指を食いこませるようにして、グイグイと揉みしだいてきた。

「いやよ、やめて……ンンっ」

引き剝がそうと手首を握るが、男の腕力に敵うはずがない。それどころか乳首を指の股に挟みこまれて乳房を揉まれると、徐々に身体から力が抜けていってしまう。快楽を教えこまれた肉体は、義弟の愛撫を拒絶できなかった。

(わたし……なにをしているの?)

紗和は妖しい愉悦が湧きあがるなか、困惑して眉を八の字に歪めた。

昼間は倉澤にまかせた身体を、今はこうして義弟に弄《いじ》られている。しかも、ここは夫婦の寝室だ。これほど背徳的な行為があるだろうか。

「いけないわ……こんなこと……あンっ」

口先だけで抗うが、義弟の手首を摑んだ手には力が入らない。されるがままに胸を揉まれて、艶っぽい溜め息を漏らしていた。

「俺は……俺は義姉さんのことが……」

和樹はうわごとのようにつぶやきながら、指先で乳首をクニクニと転がして硬く尖り勃たせる。そして、脱力した紗和の下肢をベッドの上に乗せあげた。

長襦袢が肩から抜かれ、あっさり奪い去られてしまう。これで紗和が身に着けている物は、白い足袋だけになってしまった。

「いや……」

思わず胸と恥丘を手のひらで覆い、目もとを染めて顔を背ける。髪は結いあげたままで、剝きだしのうなじまで赤くなっていた。

和樹は足もとに移動すると、太腿に唇を押し当ててくる。ついばむようなキスを降らせて、徐々に股間へと近づいてくるのだ。

「ンっ……や、待って……」

弱々しい声しか出ないのは、義弟を嫌いになれないからだろう。むしろ、ストレートに愛情をぶつけてくる彼のことを好ましくさえ思っていた。

義弟の唇が腰骨に触れて、「あンっ」と悩ましい声が漏れてしまう。たまらず内腿を擦り合わせると、股間の奥でクチュッと微かな音が響き渡った。

「はぁ……和樹くん、もう許して……」

「好きなんだ……義姉さんのこと、大好きなんだよ」

囁かれるたび、胸の奥が締めつけられた。

和樹だってわからないはずがない。兄嫁に恋したところで、その想いが叶《かな》う可能性は極めて低いのだ。それでも告白してくる彼の気持ちを思うと、紗和の心は切なくなってしまう。

恥丘を隠している手をそっとどけられた。力まかせではないのに、なぜか抵抗できない。両手は身体の脇に置く格好となり、濃く生い茂った陰毛を覗かれる。思わず身をすくめるが、次の瞬間さらなる羞恥に襲われた。

「あぁっ、いやぁっ」

膝を立てられたと思ったら、いきなり白い内腿を押し開かれる。M字開脚のはしたない格好で、女の割れ目を露出させられてしまった。

「濡れてるじゃないか。俺におっぱい揉まれて感じたんだな」

生温かい鼻息を陰唇に感じて震えあがる。と、その直後、予想外に硬い物体が膣口にあてがわれた。

「あうっ……な、なに？」

頭を持ちあげて股間を見おろすと、陰毛の向こうに義弟の顔が見える。その表情は真剣そのもので、こちらがたじろぐほどの迫力が伝わってきた。

「バイブだよ。これで義姉さんを悦ばせてあげるよ」

「いやよ、そんなもの、やめっ……はううっ」

あのショッキングピンクのいかがわしい淫具が、蜜壺にめりこんでくるのがわかった。皮肉なことに愛蜜が潤滑剤となり、いとも簡単に呑みこんでしまう。おぞましさと妖しい摩擦感が混ざり合い、内腿にサーッと鳥肌がひろがった。

「ああっ、い、いや……挿れないで」

「そんなこと言っても、義姉さんのオマ×コは嬉しそうにバイブを咥えこんでるよ」

「う、ウソです、そんなはず……はンンっ」

口では否定しているが、本当はわかっている。バイブをゆっくり押しこまれるほどに膣襞が期待にザワめいてしまう。クチュクチュと卑猥な水音を響かせて、蜜壺全体が蠕動をはじめていた。

「あっ……ンンっ、いやよ」

「そんなにいやなら、脚を閉じてもいいんだよ」

そう言われて初めて気づく。すでに下肢はどこも押さえられていなかった。紗和は自分の意思で、脚を大きく開いていた。足袋の裏をしっかりとシーツにつけて、つま先を外側に向ける形で股間を晒しているのだ。

（わたし、こんな恥ずかしい格好を自分から……）

気づいたところで、今さら脚を閉じることはできなかった。

和樹のペニスよりひとまわり小ぶりとはいえ、ショッキングピンクのバイブは根元まで突き刺さっている。なんの抵抗もなくあっさりと女壺のなかに収まり、早くも妖しい快感を生みだしていた。

身体の両脇にしどけなく置いた手で、シーツを小さく握り締める。信じられないことに、義弟の手で初めてバイブを挿入されたのだ。

さらに休む間もなく今度は膣のもっと下、肛門にもなにか硬い物が触れてきた。

「ひっ……か、和樹くん、なにを？　ひあぁっ」

思わず裏返った嬌声が溢れだし、腰のあたりにビクッと震えが走り抜ける。恐るおそる見おろすと、自分の膝の間で義弟の欲情に満ちた目が光っていた。

「アナルにはローターを挿れてあげるよ。この間、指を挿れたら悦んでたろう。これを挿れたら、もっと気持ちよくなれるんじゃないかな」

和樹は鼻息を荒げてつぶやきながら、蜜壷から溢れる愛蜜をローターで掬いあげる。そうやってたっぷりまぶすと、もう一度アナルに押しつけてきた。

「あうッ、お尻はいやっ」

肛門が内側に押し開かれるのがわかった。慌てて括約筋《かつやくきん》を締めようとするが、それよりも早くうずら大の淫具がツルリと滑るように入りこんできた。

「あひぃッ……」

強烈なおぞましさが突き抜ける。それと同時に、足袋のつま先がシーツを摑むようにキュウッと内側に丸まった。

「ひううっ……ぬ、抜いて、こんなこと……」

紗和は眉間に悩ましい縦皺を刻みこんで、全身の毛穴から生汗を滲ませた。

前後の穴を同時に責められて、意識が飛びそうな感覚がひろがっている。膣にはバイブが、そして肛門にはローターが埋めこまれているのだ。圧迫感と痛痒感《つうよう》に襲われて、開かれたままの下肢には小刻みな痙攣が走っていた。

「簡単に入ったね。やっぱり義姉さんはこういうのが好きなんだよ」

「そ、そんなはず……苦しいだけ……」

裸体は汗でヌメっている。敏感なふたつの穴を悪戯されて、下腹部で生じた熱が全身へと伝播していた。

「じゃあ、こういうのはどうかな？」

和樹はニヤリと笑い、バイブの柄の部分についているスイッチを操作する。その途端にブウンッという不気味なモーター音が響き渡り、蜜壺に挿入されているシリコン製の男根がうねりだした。

「ああッ、な、なに？」

膣の奥まで到達している亀頭部分が大きく首を振り、胴体部分もぶるぶると振動していた。本物のペニスではあり得ない動きで、敏感な襞を刺激するのだ。

「あッ……あッ……い、いやよ」

「まだまだこんなもんじゃないからね。アナルもいくよ」

和樹はローターとコードで繋がっているコントローラーを見せつけてくる。そして、ダイヤル式のスイッチをマックスまで一気にまわした。

「ひあぁッ、ま、待って、こんなのダメぇっ」

たまらず悲鳴にも似たよがり啼きが迸る。肛門に埋めこまれたローターが震えはじめて、凄まじい感覚を生みだした。

「こんなのいやっ、ひいッ、動かさないでっ、あひぃッ、あひぃッ」

「すごい声だね。オマ×コとアナル、両方いっぺんに責められると死ぬほど気持ちいいだろう？」

和樹が楽しそうに語りかけてくるが、答える余裕などあるはずがない。

アナルに挿れられるだけでもつらいのに、振動するのだから強烈な刺激だ。しかも薄い粘膜を隔てた膣ではバイブが暴れている。過敏になったふたつの穴をそれぞれ淫具で責められて、理性が崩壊していくのを感じていた。

アナル責めの嫌悪感の裏には、甘い陶酔が見え隠れしている。排泄器官を嬲られるおぞましさがどす黒い愉悦へと変化し、ヒップがシーツから浮きあがった。

「あッ……あぁッ……だ、ダメっ、おかしくなっちゃうっ、あぁッ」

両手でシーツを握り締めて、背筋を弓なりにのけ反らせる。まるでブリッジするように股間を突きだし、全身をプルプルと息ませた。

「うあぁッ、もう……あぁッ、もうイキそうっ」

紗和の全身はいつしかオイルを塗りたくったように汗まみれになっている。ボリューム満点の乳房も卑猥に濡れて、尖り勃った乳首はピンク色を濃くして愛撫をねだるように揺れていた。

「イッていいんだよ。義姉さんのために用意したんだからね」

和樹はバイブの柄を掴むと、ゆっくりと前後に動かしはじめる。スイッチが入ったままなので、胴体を妖しくうねらせながらのピストンだ。快感はさらに鮮明になり、紗和は白い内腿を痙攣させて昇りはじめた。

「それ、ダメっ、あああッ、和樹くん、やめて、グリグリしないでぇっ」

「我慢しないでイッちゃえよ、義姉さん、本当は思いきり乱れたいんだろ？」

和樹はバイブを抽送しながら、もう片方の手でクリトリスを刺激してくる。恥丘に手のひらを乗せて、親指の腹でクニクニと転がしてくるのだ。

「あああッ、い、いいっ、グリグリって、あッ、あッ、ダメっ、こんなのって、あああッ、もうイッちゃうっ、イクイクっ、あぁッ、あひあぁぁぁぁぁぁあッ！」

紗和はあられもない声でよがり狂い、汗だくの裸体を感電したように激しく震わせた。大股開きではしたなく腰を突きあげて、膣と肛門をヒクつかせる。二穴責めの快感は強烈で、シーツを掻き毟りながら気が狂いそうなアクメを貪った。

しばらくして、バイブとローターのスイッチが切られると、空気が抜けた風船のようにぐったりとなった。

ダブルベッドに沈みこんでいくような感覚のなか、自分のハアハアという息遣いだけが頭のなかに木霊《こだま》していた。

「すごかったね。そんなによかったんだ」

義弟の声が遠くに聞こえる。バイブとローターが入ったままの股間を覗いているらしく、しどけなく開かれた両脚の間にしゃがみこんでいた。

「俺さ、転勤を打診されてるんだよね」

和樹がなんの脈絡もなく話しはじめる。さりげなさを装っているが、緊張しているらしくその声は若干震えていた。

和樹は家電量販チェーンに勤めており、近々隣県にオープンする新店へ、配送部門の責任者として行かないかと本部から内々の打診があったという。いい話だが、引っ越さなければならないので迷っているようだ。

「だって、義姉さんに会えなくなるだろう。それなら会社をやめて、藤島屋で働いてもいいと思ってるんだ」

さらりとした口調だが、和樹の言葉には熱がこもっていた。決して思いつきで言っているわけではないだろう。

「じつはさ、ずっと前から考えてたんだ」

「か……和樹くん」

アクメの余韻で朦朧としていた紗和だが、さすがに驚きを隠せなかった。

和樹は親の敷いたレールを走るのは嫌だと猛反発して一般企業に就職した。その会社で仕事ぶりが認められたからこその栄転だ。それなのに、すべてを捨てて藤島屋で一から出直す覚悟があるという。

「義姉さんに相談しようと思って、会社を早退してきたこともあるんだ。でも、なんかタイミングが合わなくてさ……」

おそらく、離れの和室で倉澤と関係を持った日のことだろう。義弟が悩んでいたというのに、紗和は専用露天風呂で不貞行為に耽っていたのだ。

（そんなにまで、わたしのことを……）

夫を裏切ったばかりでなく、義弟のことも落胆させてしまった。これほど想ってくれていたのに、なんて無神経だったのだろう。恋情に気づいてあげられないばかりか、つらい思いをさせてしまった。

「ごめんなさい……わたし……」

思わず涙ぐみながら謝罪する。すると和樹は無言のまま、膣に埋まっているバイブをゆっくり引き抜いた。

「あうぅっ……」

膣口から抜け落ちると同時に、なかに溜まっていた華蜜がトロリと溢れだす。アナルにはまだローターが埋めこまれており、窄まりの中心部からピンク色のコードだけが伸びていた。

「俺じゃ……ダメかな？」

和樹は懇願するような調子で囁くと、紗和の汗ばんだ裸体に覆い被さってくる。その目は真剣そのもので、心情を表すようにまっすぐ見おろしていた。

（そんなこと言われても……どうしたらいいの？）

困惑して視線を逸らすと、サイドテーブルのフォトスタンドが目に入った。

ウェディングドレス姿の紗和と、タキシード姿の孝志が寄り添っている。お気に入りの写真だったのに、色褪《いろあ》せて見えてしまうのはなぜだろう。

（今でも孝志さんのことだけを……）

写真を見ているのがつらくて、そっと睫毛を伏せていった。

夫の帰りを待ちわびながらも、二人の男――和樹と倉澤の間で揺れている。これでも本当の夫婦と言えるのだろうか。

もう自分で自分の気持ちがわからなかった。潤んだ瞳で見あげると、義弟のやさしい目が待ち受けていた。

「義姉さん……」

和樹は囁くように呼びかけて、硬直したペニスの先端を陰唇にあてがってくる。軽く触れただけなのに、背徳的な快感がじんわりとひろがった。

「あンっ……い、いけないわ」

今さら拒絶するのもおかしいような気がする。それでも、両手をひろげて義弟を受け入れるわけにはいかなかった。

「どうしてだよ？　俺……絶対、義姉さんのこと幸せにするから！」

和樹は悲痛な声で叫ぶと、腰をグッと押しこんでくる。亀頭が膣口に沈みこみ、そのままズブズブと媚肉を掻きわけてきた。

「あああッ……」

痺れるような快感が突き抜けて、足袋を穿いた足が宙に跳ねあがる。両手でシーツを握り締め、眉を悩ましく歪ませた。

バイブで刺激されて過敏になったところに、本物の男根を突きこまれたのだ。しかも肛門にはローターが埋めこまれている。薄い粘膜越しにペニスとローターが擦れ合う感覚は強烈で、一瞬にして絶頂寸前まで性感が昂ぶった。

「ダメ……ダメよ……わたしたち、姉弟なのに……」

掠れた声で訴える。和樹のことを嫌っているわけではない。むしろ、男らしくて頼りがいがあると思っている。きっと彼に愛される女性は幸せになれるだろう。それでも、義弟と関係をつづけるわけにはいかないのだ。

「ね……わかって……ンンっ」

説得しながらも喘ぎ声が漏れそうになり、下唇を小さく嚙み締めた。

根元まで挿入されたペニスが、動かさなくても甘い痺れを生みだしている。アナルのローターとの間で押し潰されている粘膜が、鈍い快感をじんじんと波紋のようにひろげているのだ。

「でも、血は繫がってないんだ」

「和樹くん……」

「そうだろ？　俺が先に義姉さんと出会ってれば……クソッ」

やりきれない思いをぶつけるように、和樹が腰を振りはじめる。途端に鮮烈な刺激が、汗だくの紗和の身体を貫いた。

「ああッ、ダメだって言ってるのに……あッ……ああッ」

堰《せき》を切ったように喘ぎ声が溢れだす。さらにアナルに埋めこまれているローターのスイッチも入れられて、ブブブッという低いモーター音とともに妖しい快感が膨れあがった。

「あひいッ、それは、ひッ、ひッ、ひああッ」

「ううっ、締まってきた。義姉さんのオマ×コが締まってきたよっ」

和樹は乳房を両手で揉みしだきながら、腰を力強く打ちつけてくる。内臓を突き破るようなパワフルなピストンだ。膣粘膜をカリで摩擦されるたび、気が遠くなるような愉悦が背筋をビリビリと駆けあがっていく。

「ああッ、和樹くんっ、あああッ、こんなのって……」

快感が大きくなるほどに罪悪感も膨張する。サイドテーブルに飾られた夫の写真を横目で見やると、心が痛むのと同時に膣が激しく収縮するのがわかった。

（もう狂ってしまいそうです……ああっ、孝志さんっ）

夫のことを思うと胸が張り裂けそうになる。それでも、肉体に蔓延《まんえん》している快感はさらに成長し、精神までも呑みこもうとしていた。

「あッ……あッ……も、もう……」

「くううっ、義姉さんも感じてるんだね」

和樹が嬉しそうに囁き、さらに抽送スピードをアップさせる。アナルのローターも振動をつづけており、紗和は無意識のうちに腰をくねらせていた。

「どうしてなの？　ああッ、いけないのに」

もう自分を誤魔化すことはできない。感じているのは事実だった。義弟のペニスで貫かれて、肉欲をドロドロに蕩かせているのだ。

「義姉さんっ、俺をもっと感じてよ」

和樹は長大な肉柱を根元まで押しこむと、亀頭の先端で子宮口を容赦なく圧迫してきた。同時に腰を大きく回転させて、カリで膣壁を抉ってくる。ローターで刺激されているアナルにも、どす黒い愉悦がひろがっていた。

「あああッ、奥は……あッ、あッ、お尻、ダメぇっ」

凄まじいまでの快感に、頭のなかが真っ白になっていく。紗和はこらえきれないよがり啼きを振りまき、たまらず義弟の背中に両手をまわしていた。もうどうなってもかまわない。とにかく、きつく抱き締めてほしかった。

「義姉さんっ……」

和樹も応えるように、上体をそっと伏せてくる。胸板と乳房が密着して互いの体温が溶け合い、快感が未知の領域へと入りこんでいく。

「もっと強く抱いて、ああッ、和樹くんっ」

剛根を打ちこまれるたび、白い足袋が宙を揺れる。紗和は身体がどこかに飛ばされそうな気がして、義弟の背中に強く爪を立てた。

「あッ、あッ、も、もう……あああッ、それ以上されたら」

「イキそうなんだね。俺もだよ。俺も義姉さんのなかに……」

和樹が苦しげな呻きを漏らしながら、腰の動きを加速させる。男根を奥まで届かせようとしているのか、勢いよく叩きこんでくるのだ。

「す、すごいっ、あああッ、もう狂っちゃうっ、ンあああッ……お、お尻もいいのぉっ」

激しい抜き差しをされることで、アナルのローターもクローズアップされる。新たな官能を掘り起こすように、肛門の敏感な粘膜を揺さぶられていた。

「うわっ、また締まってきた……義姉さん……お、俺、もう……」

「ま、まだダメっ、待って……お願いだから待ってっ」

欲望を抑えきれなかった。もう快楽の頂点がすぐそこに見えていた。

「もっと……もっとよ、あああぁッ、もっとわたしを突いてぇっ」

はしたない言葉を叫びながら、両脚を義弟の腰に絡みつかせる。足袋を穿いた足をしっかりとフックさせて、腰をクイクイとしゃくりあげた。

「おおっ、チ×ポが……くううっ」

和樹が快楽に唸る声すら愛おしい。なにもかもが愛撫となり、紗和の五感を刺激する。逞しすぎる男根を締めあげて、義弟の首筋を甘噛みした。

「ううっ、も、もう我慢できないっ、義姉さんっ、うおおおおッ！」

獣のような咆哮《ほうこう》とともに、膣の奥に熱い粘液が放出される。男根が激しく脈動して、大量のザーメンが噴きあがった。

「あああッ、いいっ、気持ちいいっ、あッ、あッ、もう狂っちゃうっ、こんなにいいなんて、あああッ、イクっ、もうダメっ、わたしっ、イッちゃううぅッ！」

紗和は義弟の体にしがみつき、膣と肛門を締めつけながら昇っていく。二穴責めの妖しい快楽にまみれて、気が狂いそうなアクメに全身の血液を沸騰させた。理性がドロリと溶けだし、意識が閃光に呑みこまれていった。

義弟の荒い息遣いだけが聞こえている。

全身が蕩けてしまったような錯覚に囚われていた。

昼間は屋外で倉澤に抱かれたにもかかわらず、夜は夫婦の寝室で義弟のペニスを受け入れている。

同じ日に二人の男からアクメを与えられたのだ。

このまま夫のことを忘れて、快楽の虜《とりこ》になってしまうのではないか。朦朧としながらも、紗和はそんな不安に駆られていた。

エピローグ

同じ日に倉澤と和樹に抱かれた翌々日――。

紗和は仕事を早めにあがり、自宅の寝室のベッドに横たわっていた。

今は夜の七時をまわったところだ。かたわらには心配顔の和樹がいる。仕事を早退して、こうしてつきっきりで看病してくれているのだ。

「義姉《ねえ》さん、少しは食べないと」

和樹がおかゆの入った茶碗を手に、やさしく語りかけてくる。だが、紗和は力なく首を左右に振って睫毛を伏せた。

原因不明の発熱だった。身体がだるくて起きることができない。食事を摂る気力も湧かなかった。

二人の男に何度も絶頂させられ、また本気の求愛をされたことで、身体は疲れきり、心は激しく混乱していた。さらに不貞をふたつも同時に犯した罪悪感が胸を締めつけていた。

「藤島屋のほうは大丈夫だから、とにかくゆっくり休んでくれよ」

性欲の有り余っている和樹もさすがに手を出してこない。それほど、今の紗和はやつれきっていた。

「和樹くん……ありがとう」

「いいから寝てろって」

和樹は茶碗をサイドテーブルに置くと、濡れタオルを紗和の額にそっと置いた。言動はぶっきらぼうだが、その目はいつにも増して温かかった。

そのとき、枕もとに置いてある紗和の携帯電話が着信音を響かせた。

液晶画面には〝興信所〟の文字が浮かんでいる。紗和は悪い知らせでないことを祈りながら、横になったまま震える指先で通話ボタンをプッシュした。

報告を聞いている間、紗和は短く相づちを打つだけで、自分からはまったくしゃべらなかった。ほとんど放心状態になりながら、途中で一度だけサイドテーブルに常備してあるメモ用紙にペンを走らせた。

「誰からだったの？」

通話を切った途端、和樹が尋ねてきた。

紗和は携帯電話を握り締めたまま上半身を起こすと、思わず義弟の手を取って涙ぐんだ。

「義姉さん？」

「見つかったって……孝志さん、見つかったって」

言葉にしたことで実感が湧きあがってくる。胸が熱くなり、気づいたときには大粒の涙がぽろぽろとこぼれ落ちていた。感激のあまり言葉が続かなかった。

和樹が渡してくれたティッシュで目もとを押さえてしゃくりあげる。気持ちが落ち着くまで、義弟は黙って背中を擦ってくれた。

話せるようになるまで、しばらく時間がかかった。

夫は伊豆にある知り合いの温泉旅館に頼みこんで、住みこみの修業をしていたという。ただ逃げだしたわけではなかったのだ。

孝志には下積みの経験がまったくない。それを反省点として自ら厳しい環境に身を置き、一から旅館業の修業を積んでいた。藤島屋を傾けてしまったことに責任を感じ、旅館経営のノウハウを新人として学んでいたという。

「孝志さんの新しい携帯番号もわかったの。今から電話してみるわ」

すっかり明るくなった声で紗和は言い、先ほどメモした番号を携帯に打ちこんでいく。具合が悪かったのが嘘のように、紗和の心は軽くなっていた。

「よかったね……義姉さん」

和樹がぽつりとつぶやき立ちあがった。

ていった。

「和樹くん？」

「やっぱ、俺じゃダメなのか……」

義弟の震える声は、呼び出し音の後に携帯から聞こえてきた孝志の声に掻き消され

ていった。

四月のとある日、紗和は朝から自宅のキッチンに立っていた。

数年ぶりの完全休日だ。藤島屋のほうは義父母にお願いしてある。仲居たちも協力してくれるので、紗和は安心して休むことができるのだ。

夫が失踪して淋しいときに、倉澤と和樹の二人から告白されて心が揺れた。しかし、携帯電話で夫の声を聞いた瞬間、紗和ははっきりと確信した。やはり、わたしが愛しているのは、この人しかいないと。もう心が揺れるようなことはなかった。

先日、倉澤に夫が見つかったことを話し、これ以上関係をつづけられないことを告げた。「この歳での大失恋はつらいなぁ」と、かなりショックを受けた様子だったが、倉澤は男らしく引きさがってくれた。

和樹は会社の転勤を受け入れて、すでに実家を出ている。ここのところ不機嫌そうだったのは、関係をすっぱり諦めようとしてくれたからだろう。引っ越し当日は、やさしい笑顔で「兄さんのこと、よろしく」と言ってくれた。

鶏の唐揚げと卵焼き、それにタコの形にカットしたウインナーを弁当箱に詰めていく。孝志の好物ばかりを丹精こめて調理した。

今日は伊豆の旅館で修業をしている夫に会いに行くのだ。

愛妻弁当をバスケットに入れると、学生時代のデートのように浮かれた気分で着飾った。今日は着物ではなく、春らしい純白のシャツと水色のフレアスカートだ。夫の好みに合わせて、黒髪は自然な感じで背中に流していた。

表に出ると、春の日射しが眩《まぶ》しかった。

雲ひとつない青空を見あげて思わず笑みがこぼれる。この空の下で、夫はがんばって修業しているのだ。

信州の山を吹き抜ける風も暖かくなり、昨日まで蕾《つぼみ》だった杏が咲き乱れて周囲を見事な白に染めあげていた。

（了）

※本書は二〇一二年一月に刊行された竹書房ラブロマン文庫『蜜情の宿―ふしだら若女将―』の新装版です。

＊本作品はフィクションです。作品内に登場する人名、地名、団体名等は実在のものとは関係ありません。

長編小説
蜜情《みつじょう》の宿《やど》 ふしだら若女将《わかおかみ》<新装版>
葉月奏太《はづきそうた》

2022年3月29日 初版第一刷発行

ブックデザイン…………………… 橋元浩明(sowhat.Inc.)

発行人……………………………………… 後藤明信
発行所……………………………………… 株式会社竹書房
〒102-0075 東京都千代田区三番町8－1
三番町東急ビル6F
email：info@takeshobo.co.jp
http://www.takeshobo.co.jp
印刷・製本……………………… 中央精版印刷株式会社